千万
千万别给我回信：
太宰治的信

[日] 太宰治 — 著　　[日] 小山清 — 编　　赵楠婷 曹珺红 — 译

杨晓钟　校译

陕西新华出版

陕西人民出版社

图书在版编目（CIP）数据

千万千万别给我回信：太宰治的信/（日）太宰治
著；（日）小山清编；赵楠婷，曹珺红译. —西安：
陕西人民出版社，2023.6
ISBN 978-7-224-14692-9

Ⅰ. ①千… Ⅱ. ①太… ②小… ③赵… ④曹… Ⅲ.
①书信集—日本—现代 Ⅳ. ①I313.65

中国版本图书馆 CIP 数据核字（2022）第 179023 号

出 品 人：赵小峰
总 策 划：关　宁
策划编辑：王颖华
责任编辑：王颖华
整体设计：张雨涵　白明娟

千万千万别给我回信：太宰治的信
QIANWAN QIANWAN BIE GEI WO HUIXIN：TAIZAIZHI DE XIN

著　　者　[日]太宰治
编　　者　[日]小山清
译　　者　赵楠婷　曹珺红
出版发行　陕西人民出版社
　　　　　（西安市北大街 147 号　邮编：710003）
印　　刷　陕西龙山海天艺术印务有限公司
开　　本　787mm×1090mm　32 开
印　　张　7.625
字　　数　125 千字
版　　次　2023 年 6 月第 1 版
印　　次　2023 年 6 月第 1 次印刷
书　　号　ISBN 978-7-224-14692-9
定　　价　49.00 元

如有印装质量问题，请与本社联系调换。电话：029-87205094

目录

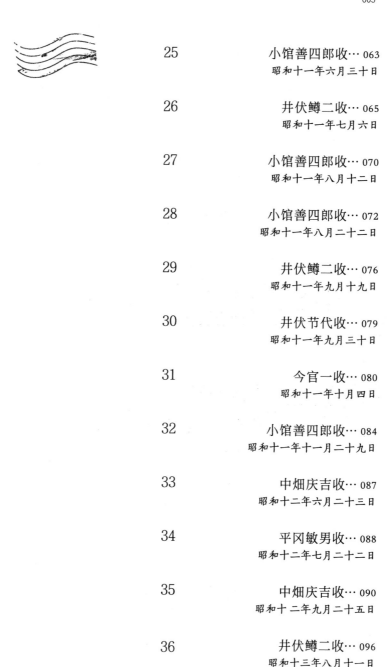

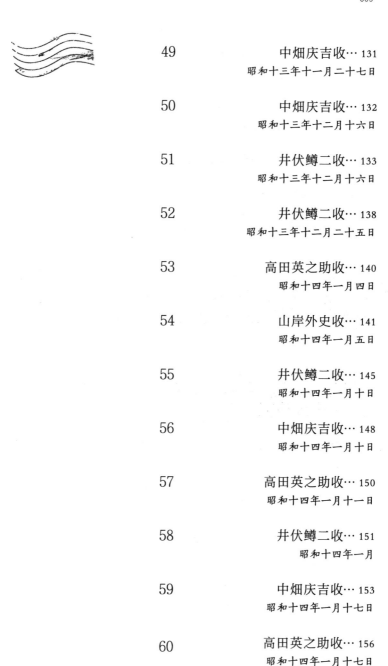

1 木山捷平收
昭和八年①三月一日

东京市杉并区天沼三丁目七百四十一番地飞岛⁽¹⁾家寄出

东京市杉并区马桥四丁目四百四十番地木山捷平收

拜启

刚刚拜读了《出石》⁽²⁾。

虽然可以等到四日的同人会⁽³⁾上再和你交流我的读后感，但我不善表达，所以冒昧致信一封。

开头到第四页"花的问答"，我是踏踏实实一口气读完的。可以毫不夸张地说简直是身心舒畅。然而"花的问答"过后，我开始不安起来，并不是因为文风"含蓄"。相反，要是因为某些人因兄台的这部小说"含蓄"而进行批判，这个人才是傻子。而"含蓄"这件事情也并不应该被排斥。古往今来的作家皆以对事物清醒的认识而骄傲，以处变不惊的态度作为人生信条，当然也喜欢将所谓的"美"制成模板挂在墙上观赏。然而，从某种角度来说，这种态度本身首先就太过含蓄，你不这样认为吗？

---

① 1933 年。

我对兄台的作品产生的不安，并非作品中处处浮现的"含蓄"，而是担心：一直到"花的问答"这部分的这种强烈的真实感，随后会不会被弃置一边？

　　读完后，这种不安的预感消散去一半，还有一半跟我担心的一样。

　　读到最后，跟我读到第四页时猜测的作者意图大相径庭，这让我悬着的心终于落了地。

　　这种委婉表达雄心勃勃的意图的写作手法是我非常喜欢的方式，我想并非单我一人喜欢这种方式。

　　那么，我就开始担心，这种委婉是否完全表达了兄台的意图。这也是我未扫去的那一半不安心之处。

　　或许兄台也曾拜读过果戈理的《伊凡什么和伊凡什么吵架的故事》[4]。文中，作者十年之后再次踏上了那片土地，这里仅仅两三页的文字让"吵架的故事"得到了升华。我认为就是这两三页的文字呈现出了作者的高度，也让我看到了所谓"恶人的悲剧性"[5]的人生实态。坦白说，在《出石》中我并未体会到这种情感的升华。认真思考后我认为原因如下：

　　作者下意识的设计太多，过于急迫地表达自己的意图。只是一篇二三十页的短篇小说，作者在构思开头的同时，已经设计好整体结构，也已准备好了结局。当然这样并无不妥，但是从开头到结局，整个过程中作者稍有疏漏便会铸成大错。

请允许我提一下我的《鱼服记》[6]。事实上在下笔之前，我就想好了结尾的那句话："三日后，人们在村子桥墩下发现了思娃漂浮在水面的遗体。"后来我删掉了。捡不着西瓜，那也不能丢了芝麻，本着稳妥的想法，想着删掉那一句也不会破坏整部作品的结构，虽然觉得作品的意境不如之前，但还是删掉了那句话。现在想来这个想法是不对的，即便破坏作品的结构，即便被评论家们说成臭狗屎，作者也应该竭尽全力表达自己的写作意图。对此我非常后悔。

由此看来，《出石》的缺憾，并非什么不光彩的漏洞，甚至是意味深远的缺憾。

十年后想起这部作品，无关作者是否有意而为之，只会觉得是部杰作。也因为如此，作者会遗憾，十年前写到"花的问答"时，之后的部分倘若写得更加热烈那该多好。

想说的话有很多，有机会的话一起小酌再叙。清醒的时候我不善表达，但微醺之后还是能聊几句的。

胡言乱语切莫怪罪。说得有些多，之后我肯定会心存愧疚，但是能在杂志上刊登出来实在为你高兴，一不小心就多写了几句，还请见谅。

　　期盼兄台对我的《鱼服记》进行点评，我们互相多说说无伤大雅的"坏话"，也是为了能够写出更好的作品。

治

致木山兄

注

（1）飞岛定城。青森县五所川原町人。当时《东京日日新闻》社社会部的记者。

（2）木山捷平著。刊登于杂志《海豹》（昭和八年三月号）上。

（3）海豹同人会。昭和八年三月，太宰治和神户雄一、木山捷平、古谷网武、今官一、大鹿卓、新庄嘉章等，共同创办杂志《海豹》。同人会在古谷网武的宅邸举行。

（4）果戈理的《两个伊凡吵架的故事》。

（5）芥川龙之介的《侏儒的话》里提道："陀思妥耶夫斯基的

小说充满了讽刺意味，而这种讽刺绝大多数也赋予了作品中恶人的悲剧性。"

（6）太宰治发表于《海豹》（昭和八年三月号）的小说。收录于他的首部创作集《晚年》（昭和十一年砂子屋书房出版）中。太宰治就读于弘前高中时，在同人杂志上发表了两三篇习作，当时还没有使用"太宰治"这个笔名。《海豹》是太宰治到东京以来参与创办的第一本同人杂志。《鱼服记》是以"太宰治"为笔名发表的第二部作品。第一部作品，是昭和八年二月发表的《列车》（收录于《晚年》），刊登在东奥日报社发行的周刊《圣代东奥》上。古谷网武在文章中提及《海豹》创刊的情形时，关于《鱼服记》这样写道："数日后，送到我手上的作品，便是之后收录在《晚年》中的《鱼服记》。半页日本纸大小的稿纸上略带飞白的运笔，字迹非常秀丽。能像使用钢笔般擅长使用毛笔，是当时给我留下的印象。"（八云书店，《太宰治全集》附录第一号）

2 木山捷平收
昭和八年五月三日

东京市杉并区天沼三丁目七百四十一番地飞岛家寄出
东京市杉并区马桥四丁目四百四十番地木山捷平收

　　刚刚拜读了《揽活儿》[1]，即刻提笔写信。

　　不才愚见，比起《出石》成熟了很多。不只是文章，还有兄台的创作精神。

　　最后一页的加粗线，当然加上也是好的，但是我认为倒不如去掉，空一行不是更好吗？

　　"然而，这种揽活儿，……负担逐年增加一年比一年辛苦。"

　　如果是我，会这么处理。

　　以上是我读完后随即写下的感想。

　　我还是睡眠不好，有时会耳朵痛，每天都很苦闷。下次的同人会有可能无法出席，请兄台代我向同人社的兄弟们说声抱歉。

注

（1）木山捷平的作品。发表于杂志《海豹》（昭和八年五月号），收录于单行本《昔野》之中。

3 木山捷平收
昭和八年九月十一日

东京市杉并区天沼一丁目一百三十六番地⁽¹⁾飞岛家寄出
东京市杉并区马桥四丁目四百四十番地木山捷平收

拜启

　　好久不见，也未曾上门拜访实在抱歉。最近一定找时间上门叨扰。

　　前天，从小池⁽²⁾那里拿了一份《海豹》九月号，拜读了兄台的作品。

　　不知道别人怎么看，反正我觉得很好。我认为很出色。从《出石》到《揽活儿》，兄台一步一步走向巅峰。相信兄台攀上一座高峰后，立刻就会有新的目标。所以能够体会到这篇《给孩子的信》⁽³⁾的弥足珍贵。

　　盐月兄⁽⁴⁾的作品也非常出色。他想要征服的那座山非常高大，但值得一试。他就这样顽固而执着地征服着。能够征服那座高山我认为非常了不起。我认为，他这个月发表的作品如果不执着于情节，而是尽情地表达那个女人的热情，反而会更加成功。

　　我在一点点学习，希望在写作上有所突破，同时也希望接触别人的优秀作品。期待写出好的作品，也期盼能够读到好的作品。我也读了二瓶氏⁽⁵⁾上个月的作品，期待他能写出好的作品，但怎么说呢，上个月的作品不是很理想，但是能够感受到其文笔坚韧有力。

最近我会去拜访兄台，有空的时候也请来我这里坐坐。

又写了一些不知所谓的文字，失礼了。

代我向盐月兄问好。

太宰治

致木山捷平兄

注

（1）那个时候，因为上班不便，飞岛搬到了这里，住所位于井荻窪站附近的一间市场的里面。太宰治借住于二楼。

（2）小池旻。《海豹》创始人。

（3）木山捷平作品。刊登于《海豹》（昭和八年九月号），收录于单行本《抑制之日》（昭和十四年赤塚书房发行）中。

（4）盐月赳。《海豹》创始人之一。太宰治的作品《佳日》（《改造》昭和十九年一月）便是以他为原型。

（5）二瓶贡。《海豹》创始人之一。

古谷网武在回忆录中写道："《海豹》让太宰治引起了大家的注意，但是秋天便不幸停刊了。"太宰治分别在《海豹》六、七、八号刊上，分三次发表了《回忆》（收录于《晚年》）。

昭和八年，太宰治分别发表了《列车》《鱼服记》《回忆》三部作品。

4 小馆京[1] **收**
昭和九年①**八月十四日**

静冈县三岛市坂部[2] 家寄出
青森市浪打六百二十番地小馆京收

姐姐：

　　来这边已经半月有余，学习的事情也暂时理出了头绪。我想以后每天骑自行车去沼津海边游泳，从这里到沼津大约不到一里。三岛的水太凉了，根本无法下水。明天就是三岛大社祭，灯笼挂了起来，还有舞蛇表演。

注

（1）太宰治的四姐，嫁到了青森小馆家。

（2）坂部武郎。坂部比太宰治小两岁，此时在三岛经营一家居酒屋。太宰治在他那里住过一个夏天，其间写了《浪漫主义》（收录在《晚年》中）。他在《老海德堡》（《妇女画报》昭和十

---

① 1934 年。

五年二月）这部作品中提到了这段时光，充满了怀念之情。

　　这一年三月，古谷网武、檀一雄两人创办了季刊文艺杂志《鹡》，太宰治在首刊上发表了《叶》，六月的二号刊上发表了《猿面冠者》。该杂志发行两次后即停刊。十月，在外村繁、中谷孝雄、尾崎一雄等人创办的《世纪》上发表了《他非昔日之他》。十二月，太宰治和今官一、檀一雄、津村信夫、岩田九一、中原中也、山岸外史、伊马鹈平、小山祐士、北村谦次郎、木山捷平等人一起创办了《青花》，在《青花》上发表了《浪漫主义》。《青花》只发行了一期便停刊了。同年，又和佐藤春夫、萩原朔太郎、中谷孝雄、外村繁、神宝光太郎、龟井胜一郎、保田与重郎、田中克己等一起创办了《日本浪漫派》。

　　太宰治把写好的书稿都放进了一个纸袋子里，封面上用毛笔写着"晚年"，在天沼一丁目家里的院子，从当时写好的二十多篇稿子中挑选出了十四篇，剩下的和废稿一起烧毁了。这件事情在他后来执笔的《东京八景》（《文学界》昭和十六年一月号）中有提到过。

　　昭和九年太宰治发表了《叶》《猿面冠者》《他非昔日之他》《浪漫主义》四篇小说，全部收录于《晚年》中。

5 山岸外史收
昭和十年①六月三日

东京市世田谷区经堂町经堂医院⁽¹⁾发出
东京市本乡区驹込千驮木町五十番地山岸外史收（附三张明信片）

来信已读。有此良友三生有幸。这将是我一生的纪念。这种时候只能想出这种酸不溜秋的话。极度欢喜时的样子，文人也罢文盲也罢都是一样的吧。"万岁！"就是这种感觉。

你相信我说的话吗？ 请相信我写的每一句话，可以吗？"谢谢！"

这两三日，我想给佐藤春夫写一封信。⁽²⁾想要写上"人生知己"这么一句话，但是两三日前刚刚给绪方⁽³⁾说过类似的话，想想还是算了。

两三日之后写好寄出。

陶土匠人一边捏泥一边和人聊着天气。我的文学论点就和陶土匠人聊天气差不多。嘴上说的和心里想的完全不是一回事，却还是为了工作捏着泥巴。与其说是"自由之人"倒不如说是"玩世不恭"，这才是"自由之人"真正的含义。

---

① 1935 年。

⌈注⌋

（1）昭和十年三月，太宰治参加了东京都报社的入职考试未能通过，于是前往镰仓的一座山里企图自缢，但自杀失败。太宰治考入了大学，但几乎没有去上过课，连考试都不参加。原本昭和八年三月就应该毕业，但却未能如期毕业。参加东京都报社的入职考试，也是做做样子。从镰仓回来后不久，太宰治患上盲肠炎，进入阿佐谷的篠原医院治疗，后来病情恶化并发腹膜炎。一个月后，病情稳定的他转入世田谷区经堂的内科医院进行疗养，这家医院的院长是太宰治的哥哥津岛文治的好朋友。

（2）昭和十年五月，太宰治在杂志《日本浪漫派》上发表作品《小丑之花》。发表于杂志《青花》上的《浪漫主义》让佐藤春夫对太宰治产生了兴趣，继而读了他的《小丑之花》，随后，给山岸写了一封书信。后来，这封信件作为宣传语出现了太宰治的单行本小说集《晚年》的腰封上。太宰治的作品《虚构之春》（《文学界》昭和十一年七月）这部作品中收录了他的一些来信，其中也包含这封书信。内容如下。

　　拜呈。言辞不当之处请多包涵。拜读了作品《小丑之花》，内容非常精彩，当然要给及格分。"没有半句真话，但是听着听着却又悟到了些什么。那些故作姿态的语言，有时却给人以震撼地、赤裸裸地心灵冲击。"这是文中重要的一段话，我原封不动引用了它，作为对这部作品的评语。作品中隐约闪现出真实的微光，我为之欣喜。真实也就只能用这种方式表达，不是吗？希望病床上的作者善自珍重，特意修书一封，请一定代为转达。十日深夜，不，应该是十一日凌晨二时左右。深沼太郎书。致吉田洁。

　　如何？你该相信了吧?！我正在拼命写回信表示感谢。所谓柳暗花明，你也写封信以示感谢吧。吉田洁书。致幸福的病人。

　　当然，深沼太郎便是佐藤春夫，吉田洁就是山岸外史。这封书信的日期是五月三十一日。上面这个明信片便是太宰治就这件事情的回信。

　　（3）绪方隆士。《日本浪漫派》同人作家。

6 小馆善四郎⁽¹⁾收
昭和十年七月三十一日

千叶县船桥町五日市本宿一千九百二十八番地⁽²⁾寄出
青森市浪打六百二十番地小馆善四郎收（明信片）

     这段时间不知道怎么回事，一直不顺心。做一名流芳百世的艺术家的念头，始终放在心头。不是高傲，只是想努力奋斗到死的那一刻。我不容别人的一丝侮辱，但凡我有一丝力气，也会拼命前行毫不退缩。我，当得起芥川奖⁽³⁾的称号。因为报纸上无关人等的评论我没能得奖，无所谓，今年我还是会在《文艺春秋》上刊登作品。代我向你母亲问好。你的家人中我最喜欢你的母亲，她是个好人。

> 注

（1）太宰治姐姐婆家小馆家的小儿子，当时就读于东洋美术学校。

（2）七月一日，太宰治从经堂医院出院，移居至船桥的家里，在篠原医院治病期间，为了镇痛使用了大量镇痛药，随后，太宰治长期深陷药物中毒之苦。此时，应该已经有了中毒症状。

（3）这一年，芥川奖设立，太宰治的《逆行》（《文艺》昭和八年二月号）提名为第一届芥川奖的候选作品。各方权衡后，最终获奖的是石川达三的《苍氓》，太宰治与高见顺、外村繁、衣卷省三齐名第二。

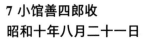

7 小馆善四郎收
昭和十年八月二十一日

千叶县船桥町五日市本宿一千九百二十八番地寄出
青森市浪打六百二十番地小馆善四郎收（明信片）

　　明天，我将见到佐藤春夫⁽¹⁾。已经有半年没有出门走动了。

　　（用这种明信片失敬了。⁽²⁾）

　　这次你的来信太棒了。就是这个样子，这个样子就对了，我暗自窃喜。

　　我们之间，已经不再那么拘谨，互相慢慢进入一种严肃模式。我为自己的这种严肃（了不起）彻夜长叹。你决定向我表达你的真情实感，那就尽情地说吧。再见时我们可以当作什么都没发生，想说什么就说什么吧。

　　都说幸福在山的那边……德国诗人布瑟⁽³⁾。

　　费劲读了一本很难读的书。

注

（1）佐藤春夫在关于太宰治的随笔《值得尊敬的麻烦人物》
（《文艺杂志》昭和十一年四月号）中，就太宰治第一次拜访
佐藤时的情景这样写道："《小丑之花》得以发表，他果然没
有辜负我的期望。我与山岸外史认识，那个时候从他那里听说
了太宰治的一些事情，于是给《小丑之花》的作者写了一封私
人信件，表述了自己的感想。当时的太宰治已经治愈，但是还
在医院修养。出院后他便来信说想要来拜访，不久后我们就见
面了。他和山岸一起来的。"

（2）手头没有明信片可用的时候，太宰治会在寄来的明信片
上直接写上回信，尤其是写完以后不打算寄出的明信片。这也
是其中一封。

（3）出自上田敏翻译的诗集《海潮音》。

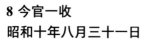

8 今官一收
昭和十年八月三十一日

千叶县船桥町五日市本宿一千九百二十八番地寄出
东京市世田谷区北泽三丁目九百三十五番地今官一收

拜启

　　佐藤春夫先生给我写了一封信，就我的作品提出了诚恳的意见。这次的芥川奖我依旧想奋力一搏，这个月二十号他也邀请了我，所以我决定进京拜访，感谢知遇之恩。

　　半年没有在东京的街头漫步了。佐藤先生还是很威严。他侃侃而谈，还请我吃了饭，但是回家后我还是觉得身体不适。

　　肺病已经完全好了，但是戒烟戒酒、独自躺在藤椅上每日仅小酌一杯，你说，这样的生活是不是会让人疯掉。

　　写长篇小说，时机很重要，不是吗？当然我也会私下强力宣传，但是投稿之前先在《作品》[1]或者其他什么地方试发几篇，然后再坚持投发长篇连载是不是更好？一位叫佐藤佐[2]的青年到处宣扬，说你说我是阴谋家，当然夹杂着关于我的其他一些坏话，即使你说了，我还是相信你的良苦用心。也恳请你能够喜欢我。

　　随着年龄的增长我越来越重视老朋友。你不要在意阴谋家之类的话，这些事情伤不了我们之间的关系，我们之间的关系应该也不会那么容易被破坏。要是见到佐藤佐（我还没有和这个人说过几次话），你一定要好好说说他。（我没有纸了，惊慌失措。）用了其他纸继续写信，还请见谅啊。

下个月，我分别给《文艺春秋》《文艺》《文艺通信》的十月号投三篇文章。投给《文艺通信》的题为《致川端康成》[3]，写了"让我们都不要再说谎话了"之类的内容，有可能会被退稿吧。我只是想指出川端康成的不公正，说不准会被退稿。

投给《文艺》[4]的是你上次看过的稿子，投给《文艺春秋》的是新写的。原本打算写四十页，没想到最后写了六十页。题目叫作《Das Gemeine（中文翻译为：青年的奇态）》[5]，请一定过目。

我先行一步，先行离去，我已经做好思想准备了。

船桥这个地方很无聊。我对外界的评论已经没有那么在意了，逐渐理智。但平静一阵子，过几天又会犯犯毛病。现在的我，基本就是这个状态。

医生说我的脑子中毒了，我痛斥了他。我是会发发神经，但只是偶尔会有强烈的情绪不稳定感，请放心。天气凉爽下来，我也好多了。之前古谷[6]来的时候，我有些粗暴，失礼了。

格言：

· 我们之间必须坦荡荡地表达男人和男人之间的情感。

· 暂时别再追求"维纳斯"了。我们就是"维纳斯"。我们有维纳斯一样丰满的肉体和端庄的侧颜。但是有人胆敢稍微觊觎我的肉体，我就会瞧不起他。

· 你也有份吗，布鲁图斯①?

· 我想做埃及艳后，不想当恺撒。

我还想写些有意思的，但是头不舒服，不好意思。请不要见怪。这是封言不由衷的信件，请不要给我回信。最近山岸外史对我的信件做了评论，两个人都吃了点苦头。你不要理我，不过如果在谁都不知道的时候安抚我一下的话，我会更加感激。

最近，我经常哭泣。

---

① 恺撒遇刺弥留之际留下的一句名言。马可斯·尤尼乌斯·布鲁图斯·凯皮欧(前85年—前42年)，男，晚期罗马共和国的一名元老院议员。作为一名坚定的共和派，联合部分元老参与了刺杀恺撒的行动。公元前44年，在布鲁图斯的策划下，一群参议员（其中包括布鲁图斯）将恺撒刺杀于庞贝城剧院的台阶上。恺撒这位著名的独裁者以一句"你也有份吗，布鲁图斯?"结束了自己的生命。

我不是在写文章，是在倾诉。一个人口吐白沫，自说自话，絮絮叨叨。

我说的这么多话里，如果你能找到一句我的真心话，我会开心死的。我在意你，请你也像我在意你一样在意我。

我需要的不是智慧，不是思考，不是研究学问，也不是姿态，我需要爱情，比天高比海深的爱情。

失礼了。千万，千万不要回信给我，请不要理睬我。

治拜

致今官一

忘记了一件重要的事情。我把手头写好的稿子投给了《日本浪漫派》杂志五月、七月、八月号，随后我会跟发行所打个招呼。同人会我一次都没有出席过，这些友人，我都不太了解。

注

（1）小野松二编辑的文艺杂志。同年，太宰治在七月号《作

品》上发表了《雀》《玩具》两篇小说。

（2）《非望》的同人。《非望》是田中英光、小田仁二郎等发起的同人杂志。太宰治在其作品《盲人草纸》（《新潮》昭和十一年一月号）中写道，一位叫作松子的年轻女子让他看看《非望》。此时的太宰治看了田中英光刊登于《非望》第六号的作品《风轻轻吹》，开始默默关注他。

（3）在第一届芥川奖的角逐中，评委川端康成评价太宰治："作者目前的生活乌烟瘴气……"对此太宰治发文进行了反驳。这篇文章收录于随笔集《思考的芦苇》（昭和二十七年创艺社出版）。

（4）同年，在《文艺》上，太宰治仅在二月号上发表了《逆行》一篇小说。这里说的稿件应该未被采用。

（5）与第一届芥川奖的候补者高见顺、外村烦、衣卷省三同时收到《文艺春秋》约稿而发表的文章。这部作品是太宰治在世田谷经堂医院住院期间动笔，随后在船桥的家中完成的。

（6）古谷网武。

今官一在其随笔《洞窟中的维纳斯》（八云书店发行，《太宰治全集》附录第八号）中有一篇内容描写的是关于船桥时期的太宰治。对于收到这封信时的情形，他这样写道：

我立刻拿起笔来。认识这么久，我还从未看到过这样一封强烈期盼回复的信。回复可能已经有些迟了，但是我还是含着泪提起笔来写了一封抚慰他的信，快件发了出去。唯恐他情感失控，所以故意选了逐条书写这种不讨喜的形式。《虚构之春》中那不成样子的、散文式的信就是我写的回信。因为只有那样写，才能从那千言万语中表达我们真挚的情感。

这里引用《虚构之春》中的原文。

你让我不用回信，但是我还是写了回信。

一、我的长篇小说，不用你说我也觉得火候还不够，已经做了丢进废品站的打算，还是暂时放一放吧。写这封信的同时，我给杂志社也写了一封，告诉他们发表长篇小说的事情暂时延期。怎么都是明年的事情了，我打算明年一定要努力努力。话说不知道那时候我能不能独当一面。我想在《新作家》上连载这次写的上百页的这篇文章。那家杂志总是把我看作不知名的作家。文章叫作《月夜之花》。写得不好，还请帮我宣传宣传。因为有你的美言，事情就会容易一些。二、世人戴着有色眼镜看我和你的交往，我们也无可奈何，不是吗？ 中畑这个人我也就见过一次，按照大家的说法，我是不是觉得你爱挑刺爱找碴儿。光是传到我耳朵里关于我说你坏话的闲言碎语就有不少，并且被很多人给予忠告。没关系。大家认为我和你不和，我反倒觉得有趣。比如把爱伦·坡和列宁拿来比较，说爱伦·坡是列宁的谋士，这种八卦消息也会成为美谈吧。最主要的是，我的所思所想，不愿意被别人打着友人的旗号肆意妄为胡言乱语。我很高兴，从你的信里可以看出，你是这种秘而不宣的感情的支持者。你若是神，我也是神。你若是芦苇，那么我也是芦苇。三、你的信是不是有点多愁善感啊？　因为我读的时候几乎落泪。我不愿意承认我的多愁善感。我像收到情书的小姑娘一样红了脸。四、如果这算是回信你就撕掉吧。在我看来它是请求信。只是想拜托你帮我宣传这次的小说。五、昨天来了一位不受欢迎的客人，说太宰治真会来事儿之类的，我不客气地说："他成就了我们。"仔细想想，这莫非就是谣言的根源。或许我当时只附和一句"是啊"就好了，或是说"他也是位好作家"就行。我很难过，不能像以前那般和你尽情斗嘴。即使不会影响到你我，倘若听的人是个愚蠢的家伙，那还是会关乎你我的名声。这都是因为太宰治你太有名了，这样的话我也得赶紧追上来实现自己的目标。六、长泽的小说你看了吗？ 叫作《神秘文学》的那个，那种廉价感情的炫耀我无法苟同。或许是直白，但是文学这个东西，不是本身就是别扭的吗？ 我没有那么看好长泽了，也是一种可悲。七、我想见见长泽，但一直未能如愿。我一旦多愁善感起来，便只想着自家的事情，埋头做杂志。不知道你是怎么想的，只有你我二人的世界才是最美的，不是吗？ 八、别太勉强自己。你说了傻话。你有什么理由先走，你必须等着我们。在那之前至少健健康康地等上十年，要有耐心，我手指上都长茧了，不再说了。九、接下来到了太宰治卖力宣传我的时候了。我喜不自禁。"有这样一位朋友大家都有好处。"我打算下次把这句话说给某人听（如果惹人厌的客人上门的话）。那些愚蠢的人可能会到处说"狐假虎威"之类的吧。那我就要反问："他不是老虎吗？"还要问他："那么谁说的我不是狐狸？"十、君看双眼色，不语似无愁。真是个好句子。请保重身体，如上所述，务必替我宣传。

林彪太郎

致太宰治足下

　　以上内容想必有所"虚构"。今官一在其作品中引用这封信后继续写道："现在想来仍觉得不可思议，那样惶恐不安让人流泪的内容，只为表达一个意思。我写的信非常傲慢。没想到收入了《虚构之春》，即便是这种询问短讯式的文笔。但是说明了这封信确实是太宰治等候的回复。这种风格，虽然没能在信中讨论'真心话'，但这不正是年轻的表现吗？ 后来仅两日后，就再次收到太宰治的来信，寄的是快件。"

　　来信便是接下来的内容。

9 今官一收
昭和十年九月二日

千叶县船桥町五日市本宿一千九百二十八番地寄出
东京市世田谷区北泽三丁目九百三十五番地今官一收

　　早上在被窝里读了你的信，然后一跃而起。哎呀！　你！
最懂我！　太好了太好了！

　　昨天给你写信的时候，想起了尼采的悲鸣："人们赞赏别
人，或是贬低别人，却永远无法理解别人。"即便这样，我还
是忘我的写着信（最近我能专心致志做事情了。偶尔会有精神
恍惚的时候。这种状态很久未有了，我很珍惜）。现在觉得写
信给你还是没错的。

　　尼采的警世名言，在他说出的那一刻是真心话，但对于我
和你而言是滑稽可笑的。

　　等身体好点，我得时不时去东京转转，看看究竟我的作品
口碑和知名度到底如何。这种无趣的事情，我也得了如指掌。
船桥就我一个人，老婆⁽¹⁾完全把我当病人对待，实际上没能
好好看看东京。我不想当千叶人。（最近没人来看我，也没有
朋友的音信，什么都没有。）借用你的话，无聊到窒息。三十
一日，发生了件窝火的事情，狠狠地哭了一场。后来发烧了。

这五六天我一直无精打采，但是有了自信。我就是维纳斯，维纳斯必须着手为今官一宣传了。我开始跃跃欲试。这几日，挑个好天气，我打算去趟东京。

注

（1）昭和六年①二月，住在五反田的时候，太宰治和弘前高中时认识的原青森风俗女子小山初代结婚。

---

① 1931 年。

10 神户雄一收
昭和十年十月四日

千叶县船桥町五日市本宿一千九百二十八番地寄出
东京市中野区城山五十三番地神户雄一收

拜启

今日拜读了仁兄《文艺通信》上的文章[1]，一直以来承蒙仁兄的知遇之恩，心中暗自发誓一定要报答你。

一定一定要以某种形式报答你。可能会有人说"太俗了"。那我要这样回答他："真正的艺术家，必须要俗气的时候，就会用朴素的形式表达。"

没有收到什么好消息，也没有朋友来访。这段时间，我想一个人待着。冷冷清清孤寂时，更兼啼血杜鹃声①。一个人吃饭，终日躺在藤椅上看书。肺的毛病已经好了九成九了，因为生病后一直神经衰弱，我已戒烟戒酒，终日无所事事。

秋日的寒冷，已沁入五脏六腑，让人无法忍受。又要开始抱怨了，失礼了。

雨都没有下，就变天了！

---

① 松尾芭蕉的名句，形容心中充满抑郁之情，但又不甘于寂寞。

衷心地表示感谢！

治拜

致神户雄一

千万千万别给我回信。

注

（1）从神户那里借到这封书信时，他特意做了说明。"（前略）文中提到《文艺通信》什么的，好像是当时我在文艺春秋杂志社出版的杂志《文艺通信》上写了一篇文章，提到我很看好太宰治的文章。应该说的是那件事情。写了什么不太记得了，手头也没有《文艺通信》，没有印象了。"

11 小馆善四郎收
昭和十年十月二十二日

千叶县船桥町五日市本宿一千九百二十八番地寄出

东京市杉并区荻洼三丁目二百零二番地庆山房公寓小馆善四郎收

（明信片）

最近身体不好，想拜托你帮我记下写给《新潮》的小说[1]。麻烦你二十六日（星期六）来一趟。需要你帮忙一整夜。我也给逸郎[2]写了一封同样的信，他要是有事不能来的话就麻烦了，所以给你也写了一封。拜托你了。后略。

注

（1）《地球图》，刊登于《新潮》昭和十年十二月号。刊登时前面有这么一段说明："《新潮》编辑楢崎勤吩咐我写点最近的感想什么的。想来，让我写写《Das Gemeine（青年的奇态）》的注释之类的也是发自内心的善意。拙作《Das Gemeine（青年的奇态）》在这个国家的杂志上，遭受了空前的冷遇，

　　我就像深处异国般尝遍了苦楚，声嘶力竭、心急如焚、倾尽全力，如此的大声疾呼仍是无人能懂的境遇，叫我情何以堪。于是只写了下面这篇名为《地球图》的小作品默默暗示一番。当然，这并非讽刺，只是一篇悲剧小说。然而，我们这些二十多岁的读者，读完这篇故事后，一定要清楚，我们国家至今仍是冥顽不灵，好的通译、好学的白石①，这样的人一个也没有。如果我们红了眼，他们便越发地哄笑起来，叫我们才子、怪人，或是小丑。尽管不该嘲笑他人。"

　　（2）太宰治的外甥。太宰治的长姐嫁给了青森县金木町津岛市的津岛市太郎，这是他姐姐的大儿子。

---

　　① 新井白石，《地球图》中的人物。文中他为与来自意大利的施劳特进行沟通而苦心钻研。

12 山岸外史收
昭和十年十月三十日

千叶县船桥町五日市本宿一千九百二十八番地寄出
东京市本乡区驹达千驮木町五十番地山岸外史收（明信片）

你看过这种戏剧吗？"出阵"。年轻的君主身着用深红色带子穿在一起的甲片做的盔甲，从里间静静地走出来，一直坐在王座的母亲大人坐到了下座，首次露脸的年轻君主总算坐上了王座。他大方沉稳地坐定，母亲大人从下方看着新即位的年轻君主说："嗯，很好，很好，务必要建功立业。"

（上面写的情景，请笑着接受。）

保尔·魏尔伦第三部（可能是第三部）诗集，命名为《无言的浪漫曲》[1]。

我在病后修养期，还请你大驾光临。后略。

注

（1）保尔·魏尔伦的第五部诗集（1874 年）。第三部诗集叫作《华宴集》（1869 年）。

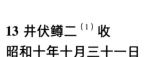

13 井伏鳟二⁽¹⁾ 收
昭和十年十月三十一日

千叶县船桥町五日市本宿一千九百二十八番地寄出
东京市杉并区清水町二十四番地井伏鳟二收

拜启

今天是三十一号，月末青黄不接，日子不好过。我家的接济变少了，今天我到处打电话、写信，一边走一边哭，回到家的一瞬间哇哇哭了起来。

实在太委屈了，即使旧病复发都无所谓了，于是喝了点酒，下午四点睡着了。月末的艰辛让我的身体备受折磨。再这样下去，不出十天我可能就会旧病复发。现在我就在发烧，感觉非常不好。家乡的哥哥⁽²⁾ 吩咐我好好修养，我也同意，这样的话，小说得慢慢构思，争取写个好作品，但是我做不到。而且这不是我的风格。猛然睁开眼睛，已经晚上十点了，无论如何算是睡了一觉。问了问老婆，还有许多欠账等着支付。起来后一个人吃了饭，突然感慨起来嘟囔了一句，要是井伏君和井伏君的夫人在的话该多好，于是又忍不住哭了起来。

船桥太安静了，只有虫鸣和电车的声音。

今天体会到了什么叫作备受煎熬。井伏君，请时不时（两个月一次也好）帮助一下我吧。不然的话我会死。

并没有想到会那样，但是这痛苦太不可思议了。

请代我问夫人好。老婆说："一直惦记着夫人。"我也觉得这样很好，表扬了她。

只要活着，我就不想过得太悲惨。无论如何都会想办法自己渡过这个难关，请放心。

致井伏鳟二

致夫人

三十一日深夜

注

（1）昭和五年①春天，太宰治从弘前高中毕业，前往东京，进入东京帝国大学法语专业学习。此时与井伏鳟二结缘，后师从于他。

———————————

① 1930 年。

　　日本战败后，筑摩书房出版的《井伏鳟二选集》第一卷后记中（昭和二十三年）提到，太宰治早就被井伏的文采吸引，具体是这样描述的：

　　（前略）十四岁的时候，我就爱读井伏君的作品。二十五年前，大概是大地震的时候，井伏君在一本不知名的同人杂志上发表了他的处女作。当时的我，还只是北边青森县的一名中学一年级学生，看了他的作品兴奋不已。那部作品叫作《山椒鱼》。我不是当作童话来读的。我自认为当时的自己已经算是个小说通了。看到《山椒鱼》后，感觉发现了一位被埋没了的天才，感到非常兴奋。（中略）那之后的二十五年，我越来越相信井伏君的作品。应该是我进入高中的时候，终于按捺不住提笔给井伏君写了信。现在想起来有些可笑，因为从作品中感觉他的生活不算宽裕，于是给他汇了一点点钱，一并放入信封里。后来收到了井伏很正式的感谢信，开心得不得了，考入东京的大学之后，我马上就穿着和服去他家里拜访了他。后来，他教给了我很多很多东西，生活方面也给了我很多关照。现在，筑摩书房跟我说要出版他的选集，只觉得思绪万千。

　　在《太宰治集》上卷（昭和二十四年新潮社出版）的解说

中，对于和太宰治初次见面这件事情，井伏鳟二这样写道：

第一次见到太宰治是昭和五年的春天，是他到东京上学的第二个月。太宰治给我写过两三次信，我耽搁了回信这件事，却不想收到了他寄来的一封语气强硬的信。大意是如果不能见面的话就要自杀。我吓了一跳赶紧回了信。

第一次见面时，太宰治穿着漂亮的和服与和服裙裤，很是华丽。里面还穿着印花布的衣服。他从怀中拿出写好的稿子，说想让我现在立刻就看。如今我已经忘记是什么内容了，只有大致的印象。仿佛是当时流行的荒诞文学风格的作品，受到了不太好的风潮的影响。我没有说出我的感想，而是驴唇不对马嘴地说了这么一句话："先不说其他的，我们是不是应该先好好读读古典？ 当然，普希金等亚洲的经典诗歌是不是也要好好读一读？"

（2）长兄，津岛文治。

14 山岸外史收
昭和十年十一月十一日

千叶县船桥町五日市本宿一千九百二十八番地寄出
东京市本乡区驹込千驮木町五十番地山岸外史收（明信片）

　　最近，虽然进度缓慢（真的很缓慢），但是作品有了实质性的推进。你的随笔，我认真地读了，你和我都是，首先得有个好身体。

　　最近，我做了一首诗："为君所做事，不抵球棒金？　所罗门王之梦，碎于叹息之墙。"[1]

注

（1）昭和六年、七年①的时候，太宰治以朱麟堂为号潜心于俳句。作品内容到处插入俳句，俳句式的表达也是随处可见。可参看八云书店发行的《八云》（昭和二十三年十一、十二月号），以及伊马春部的文章《太宰治和俳句》（刊登于角川书店发行的《俳句》昭和二十八年一月号）。

---

　　①　1931、1932 年。

15 小馆善四郎收
昭和十年十二月十七日

千叶县船桥町五日市本宿一千九百二十八番地寄出
东京市杉并区荻洼三丁目二百零二番地庆山房公寓小馆善四郎收

（明信片）

　　"首先，无视至亲的痛苦，你是多么的贪婪自私！"就这样，我被逸朗拽着，怀里揣了五十日元，踏上了碧眼之僧①的托钵之旅（1）。寒酸的旅行。最迟二十三日回来。（因为没有钱）我渐渐眼盲了，而你却睁开了双眼。"请君自重！"但接下来该怎么办。

　　一千个人里，九百九十九人都说一样的话。我不信，我只信剩下的那个可怜人的话。

　　初代要是不住飞岛君的家了，那就说明我回来了，请知晓（2）。

---

　　① 达摩。

注

（1）太宰治在《日本浪漫派》昭和十一年一月到三月，上连载了题为《碧眼托钵》的随笔。也许这个题目与此次旅行有关。

（2）可能在太宰治旅行期间，初代住在天沼飞岛氏的家里吧。

16 井伏鳟二收
昭和十年十二月二十三日

千叶县船桥町五日市本宿一千九百二十八番地寄出
东京市杉并区清水町二十四番地井伏鳟二收

井伏君：

昨晚我回来了。仿佛是被人追赶着一般到处走了走。在温泉之乡染上了风寒，旅途患病，梦绕荒野[1]。旅途患病，梦绕荒野。旅途患病，梦绕荒野。我反复吟唱着这句诗。身心俱疲。早上，做了一个噩梦，在床上哭了一通，被家人嘲笑了一番。正月，我不能上门拜访了，请见谅。多少还有其他一些原因。打算过一个悠闲的正月。

我自知又要进入牢笼了，但还是打算写一部三十页左右正正经经的小说。

注

（1）松尾芭蕉临终前的诗句。

17 山岸外史收
昭和十年十二月二十三日

千叶县船桥町五日市本宿一千九百二十八番地寄出
东京市本乡区驹込千驮木町五十番地山岸外史收（明信片）

　　昨夜，我旅游归来。看到了你写给我的明信片。"我要写，所以肯定要过牢狱般的生活吧。那你也会被加上比我更重的罪行（道德败坏罪），被押入牢房。"这些是真的。我在汤河原町、箱根逗留了四日，染上了风寒。对"旅途患病，梦绕荒野"这句话感同身受。

　　未能恭贺新年，抱歉。

注

　　以这次旅行为题材，太宰治在《日本浪漫派》上刊登的《碧眼托钵》中一篇题为 "confiteor" 的文章中这样写道：

　　去年年末，发生了三件让我焦心的事情，就像上面说的，我如火烧屁股般飞出家门，在汤河原、箱根到处走了走。从箱根的山上下来，已是囊中羞涩，于是决心走路去小河原。道路两旁都是蜜橘林，被数十辆车赶超。我甚至无法欣赏四周的山，我就像一只野兽般伏地而走，被残酷的"大自然"无情地虐到窒息。我，就像擦鼻涕纸般被践踏，被揉成一团，然后扔了出去。

这次旅行，对我来说是剂良药。我想看看别人的佳作，于是旅行归来的一个月，我把手头的书重新读了一遍。不是说大话，所有的我都读超不过十页。生来第一次感受到以祈祷的心情读书。"希望读到好文章，希望读到好文章……"然而一直没有出现。甚至有两三篇小说激怒了我。只有内村鉴三的随笔集我放在枕边长达一周。我想引用其中两三句话，但是不行，感觉全部都得引用。这是一本和"大自然"一样惊人的作品。

坦白地说，我完全被这本书绕了进去。我不喜欢"托尔斯泰的经典之作"，却渐渐被内村鉴三的信仰之书牵着走。我只能像只虫子一样沉默着。我好像向信仰之路踏进了一步。多么了不起的男人。无比的优美，无比的卑劣。啊！ 词穷，不知道该如何表达。你说得都对，不要再说了，是，我相信上天，我接受你的世界。

（谎言中的真实，自暴自弃中产生的信仰。）

在《日本浪漫派》创刊一周年纪念号上，我要写上以上这些毫无欺骗的真心话。如果不行的话，我就只有去死。

这一年，太宰治发表了《逆行》《小丑之花》《玩具》《雀》《猿岛》（《文学界》九月号），还有《Das Gemeine（青年的奇态）》《地球图》等。除了《Das Gemeine（青年的奇态）》，其余作品均收录于《晚年》中。除此之外，随笔《思考的芦苇》发表于《日本浪漫派》八、十、十一、十二月号上。

18 山岸外史收
昭和十一年①一月二十四日

千叶县船桥町五日市本宿一千九百二十八番地寄出

东京市本乡区驹込千驮木町五十番地山岸外史收（明信片、横写）

来信已读。

也许是因为睡不着，脸肿得很严重，看不见繁星，闻不到梅香。每晚为幻听烦恼不已。

> 雏鹤真可怜
>
> 生来看不见
>
> 黑暗中 (1) 长大
>
> 长大更可怜

一笑置之。

---

① 1936 年。

注

（1）日本战败后执笔创作的长篇小说《斜阳》（昭和二十二年）的直治手记中也有这首和歌，只是这里的"黑暗中"换成了"一年年"。

19 淀野隆三收
昭和十一年四月十七日

千叶县船桥町五日市本宿一千九百二十八番地寄出
京都市伏见区大手筋淀野隆三收

谨启

久疏问候。

想必你过着终日寂寞无聊的生活。

人一生中会有很多事情，如果我能为仁兄做点什么就好了。好想去死！ 真想去死！ 我一天天这样捶胸自责。

可能有些唐突，非常惭愧，这个月可否借我二十日元。其他的话就不多说了，都是维持生活的必备开销。

五月份一定还你。五月份我会有一笔收入。

请相信我。

请不要拒绝我。

越快越好，一天，哪怕早一天就帮我大忙了。

诚心恳求。

另一个信封里装的是瓦莱里的《歌德论》，送给仁兄。

我的《晚年》[1] 预计下个月可以出版，如果出版即刻送给仁兄。听说会出成口袋本一样的小书。

平日少有问候，抱歉。诚心恳求。

拜托了。

治

致淀野隆三学长

借钱不是为了乱七八糟的事情，再次拜托。

注

（1）第一部作品集《晚年》由砂子书房出版。这一年，《盲草纸》发表于《新潮》一月刊上，《阴火》发表于砂子书房的《文艺春秋》四月号上。至此，收录于《晚年》中的作品全部发表完毕。

20 山岸外史收
昭和十一年四月二十三日

千叶县船桥町五日市本宿一千九百二十八番地寄出
东京市本乡区驹込千驮木町五十番地山岸外史收（明信片）

（第二封信）

特意写了上一封那样难为情的无聊的回信，然后我笑着，从壁橱里翻找半天，终于找出了那本《若草》⁽¹⁾重新读了一遍。那是我用一个晚上写出来的。那天夜里井伏君的夫人来到我家，我和她一边聊天，一边写出来的。因此，现在读起来，有些地方句不成句有些粗糙，实在汗颜。这部作品也借助了你的力量⁽²⁾，是不是会更称你心呢？现在是承诺的月末交稿日，某杂志社⁽³⁾的小说。彻夜不眠。我对这部作品有信心，请一定赏脸看上一看。借津村兄⁽⁴⁾的钱，就用这篇小说的稿费还吧。

《若草》上的那篇文章有很重要的印刷错误。

注

（1）《雌性杂谈》（发表于昭和十一年五月的《若草》上）。

（2）《雌性杂谈》是对话体小说，对话的对象是山岸外史。

（3）应该指的是《虚构之春》（《文学界》七月号）。

（4）津村信夫。太宰治以《乡愁》（收录于昭和二十七年①七月创艺社刊发的《思考的芦苇》）为题，追忆了津村信夫。

---

① 1952 年。

21 淀野隆三收
昭和十一年四月二十三日

千叶县船桥町五日市本宿一千九百二十八番地寄出
京都市伏见区大手筋淀野隆三收

谨启

　　请救我一命，拜托了。

　　我发誓，这是我这辈子唯一一次如此恳求他人。

　　辗转反侧了几个夜晚，才决定写信恳求你。

　　下个月我会给《新潮》和《文艺春秋》写稿子。

　　也就是这个月比较艰难。其他朋友也不好过，我知道你的
日子也不宽裕，但是无论如何，请救我一命。

　　其他的不再多说了。

　　请尽快，拜托了，下个月一定归还。

　　有一件非常紧迫的事情要去解决。

　　请不要拒绝我，帮帮我。

淀野学长

　　请尽快，叩首恳求。

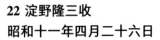

22 淀野隆三收
昭和十一年四月二十六日

千叶县船桥町五日市本宿一千九百二十八番地寄出
京都市伏见区大手筋淀野隆三收

拜启

　　这么多次给仁兄写信，实在羞愧难当，恨不得去死。无论如何，还是得拜托你。实在没有别的办法了，被逼得走投无路了，拜托了。真的是我生命中唯一一次。

　　现在，手头书稿的校正[1]、创作等一堆事情非常辛苦，身体一直不好，瘦了很多。昨天，我睡了整整一天。如果熬过这个春天，身体应该会有所好转。五月一定能够还给你，四月份请借我一点吧。

治

致淀野隆三学长

注

（1）《晚年》的校正。据檀一雄的《小说太宰治》（昭和二十四年①十一月六兴出版社出版）中的内容，《晚年》的校正，基本上是檀一雄完成的。

---

① 1949 年。

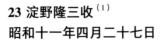

23 淀野隆三收[1]
昭和十一年四月二十七日

千叶县船桥町五日市本宿一千九百二十八番地寄出
京都市伏见区大手筋淀野隆三收

淀野君：

　　之前的事情，万分感谢。我一定会报答你。你能相信我，我非常开心。喜悦之情无以言表。有你这样一位引以为傲的朋友，我无比雀跃。我的真诚能被仁兄理解，忍不住想喊声："万岁！"你在家乡的工作一切顺利，很为你高兴，想来会有不少艰辛吧，但是仁兄你绝口不提，真是令人敬佩。

　　好的艺术家应该过着充实的居家生活。读完一本书立刻写余录，三日之旅后立马写游记，一日风寒随即记下病床闲语。不这样的话心灵便无法得到救赎。应该过人模人样的生活。目光敏锐，终日只思考创作的人，一定非常痛苦。没有稿子催着，我也期盼着这样的居家生活。

　　后辈妄言，望海涵。

　　衷心感谢。

　　　　　　　　　　　　　　　　　　　　　　治拜

　　　　　　　　　　　　　　　　　　　致淀野隆三

注

（1）昭和十一年二月，太宰治镇痛药成瘾症状加深，受佐藤春夫的照顾，进入芝町的济生会医院治疗，还未治好便出院了。这段时间，他每日需注射镇痛药四十筒，为了买镇痛药山穷水尽，太宰治几乎给所有的友人都写了信借钱。淀野氏收到的这四封信便是证明。

山岸外史在叫作《太宰治的借款》（《新潮》昭和二十五年十一月号）的作品中，有一篇文章对淀野氏收到的这些信进行了解说，文章内容如下。

"把人当成傻子一样蛊惑。淀野君确实比太宰治年长五岁，太宰治深谙此道，给他写了这些信。（中略）然而，从另外一面来看，太宰治也有他诚实的一面，借了钱不会忘记写回信表示感谢。收到别人的信也是尽量回信，有着谦虚的态度，这种感觉越是到后来越是确信无疑。因此，并不能从这个时期的信件判断太宰治的整个人品。还是应该本着理智宽容的心态，根据当时的情形来看他是如何成长的。"

24 中畑庆吉⁽¹⁾ 收
昭和十一年六月二十八日

千叶县船桥町五日市本宿一千九百二十八番地寄出
青森县五所川原町旭町中畑庆吉收（明信片四张）

1. 今日随信寄去之前所说的作品集⁽²⁾。书店只给了三十本，数量不是很够，很抱歉寄去的书不是那么美观。日后一定给您太太寄去美观的书本，请见谅。

2. 下个月上旬，将在帝国酒店或者上野精养轩举行出版纪念会⁽³⁾，如果您有时间请一定赏脸光临，我会为您做向导。届时会有很多名家出席。

3. 我也想给里惠⁽⁴⁾送一本。今天寄去的是样书，还恳请您夫人千枝⁽⁵⁾四处宣传一下，如果有人想要，我会想办法弄一些，签上名字寄过去。

4. 日后一定给丰田⁽⁶⁾也寄去一本，根据您夫人宣传的情况，我会马上安排，准备在新书写上端正的签名或是悲哀的诗歌重新寄过去。

注

（1）受过太宰治的父亲津岛源右卫门照拂的人。和服商。太宰治的作品《归去来》（发表于小山书店发行的《八云》第二辑，昭和十七年十一月）、《故乡》（《新潮》，昭和十八年一月号）、《津轻》（昭和十九年十一月，小山书店发行）等作品中，都有写到中畑氏。另外，《虚构之春》中也穿插有太宰治虚构出来的中畑写给他的信，说的应该就是这个时候的事情，虽然有点长，引用一下给读者以参考。

前些日子（二十三日），受您母亲嘱托，寄去新年年糕及腌咸鱼一包、黄瓜一坛，根据您的来信，黄瓜并未收到。麻烦您前往您那边的车站查看确认后将结果告诉我，以上内容也请转告尊夫人。下面，尚有三言两语唠叨。从我十六岁那年的秋天到现在四十四岁，算一算过完年后与津岛家相识已有二十八载，身为出入津岛家的穷商人，我学无所成，容我僭越，明知现在不应该唠叨抱怨，还是汗颜伏地，恳请暂时容忍，听我说几句逆耳忠言。据传言，最近，您又开始到处借钱，甚至向不曾见面的名人开口借钱，像狗那样苦苦哀求，被对方断然拒绝也不以为耻，还说什么借钱何错之有，只要按照约定他日还了，对方也不会困扰，也可救自己燃眉之急，哪里不好。之前，为了借钱的事情甚至向您夫人丢掷火盆，砸破两扇玻璃，我听到一半已暗自垂泪难以遏止。贵族院议员、功勋二等的显赫家世，对您这种文学者而言没有任何自豪感，想必只当是陈年旧事。令尊过世后令堂一人孤苦伶仃，为了她着想，请容我替您保留一点颜面，"将我一人视为恶人断绝关系除籍，并且赶出家乡后，现在更是把我当作坏人，好像这样才能对众人有所交代"。种种言辞，可见恨意。现在您暂时扬名也有了家庭，对于令兄、令姐，或许会细数罪状口诛笔伐，但那种曲解必然无用。之前，嫁至山木田家的令姐菊子女士，也曾由衷哀叹，容我以戏剧比喻，就像是接下政冈恭①这种重要角色。若是讨厌的人，哪怕是看主家的面子，我也懒得照顾。不仅是我，令姐菊子女士亦然，为了照顾你，她明知会在婆家立场艰难，还是勉强牺牲奉献。因此自今日起请务必务必不要再动向别人借钱的念头，万不得已时，请直接联系我，希望您最好还是尽量忍耐，此事若是被令兄知道我会很麻烦。因此，此次暂时由我

---

　　① 歌舞伎净琉璃剧本中的主角，为了保护幼主，不惜牺牲亲生儿子的忠义乳母。

垫款之事，还请保密，容我再次强调，若真的是讨厌的人，我也不会啰唆这么多了。这点还请知晓，请保重身体，善自珍重，敬上。

青森县金木町，山形宗太

太宰治先生收

末，谨祝新年快乐

（2）《晚年》。

（3）《晚年》的出版纪念会在上野精养轩举行。

（4）太宰治的堂姐。太宰治的作品《回忆》《归去来》中也有写到，是五所川原的叔父的女儿。

（5）中畑氏的妻子。太宰治在青森中学读书时，借住于青森市寺町和服商丰田太左卫门家，是他们家的女儿。由太宰治的父亲津岛源右卫门做媒，和中畑氏结了婚。

（6）丰田太左卫门。太宰治在其随笔《青森》（刊登于《月刊东奥》昭和十六年一月号，收录于《思考的芦苇》）中，这样描写丰田氏：

我在青森生活了四年。在青森中学读书。一直住在亲戚丰田的家里，是寺町和服店的丰田。丰田去世的老父亲，总是竭尽全力鼓励我，我也很依赖他。他是个好人。现在的我净干蠢事，事业也毫无起色，他就这样走了，很惋惜。如果他能再活五年、十年，可能我的事业就会有些起色，他也会为我高兴吧，我一直这样认为。现在回想起来，脑海里都是感激之情，遗憾得不得了。如果高中的时候我的成绩能好一些，他应该比任何人都开心吧。

25 小馆善四郎收
昭和十一年六月三十日

千叶县船桥町五日市本宿一千九百二十八番地寄出

东京市杉并区荻洼三丁目二百零二番地庆山房公寓小馆善四郎收

（明信片共三张，其中一张是十五世村羽左卫门的舞台照[1]做成的明信片）

1. 六月，整个月一天都没有休息，上京、争吵、深夜回家、瘫倒、连抬起头的力气都没有。

2. 我的身体已无大碍，请不要担心。欠你的钱，明天寄给你，顺便寄去一本《晚年》。希望能早点振作起来。羽左卫门先生失败的装扮，你看看。我在你家对面买了一张唱片，从早听到晚，就这一张。

3. 那张唱片说："歌千两，花万两，美好时光不可辜负，多么美的夜啊！ 就是现在。莫蹉跎，莫蹉跎。"我，太惭愧了，恨不得去死。

做不到，便一笑了之。

注

（1）扮作肉弹三勇士中的其中一人的羽左卫门①的照片。

---

① 日本著名歌舞伎演员。

26 井伏鳟二收
昭和十一年七月六日

千叶县船桥町五日市本宿一千九百二十八番地寄出
东京市杉并区清水町二十四番地井伏鳟二收

井伏问道："我来看看你怎么样了。"

太宰沉思片刻，抬起头来说："很悲惨。"

井伏君：

来信已读。读了一遍又一遍，完全说到了我的心坎里，不由得眼眶红了。于是一跃而起，写了上面那几句不成文的句子，希望不要污了你的眼，每一个字都是心血。

以被告的心情，这个六月份，整整一个月，为了两三百日元，我每天、每一天都在东京奔走，可是运气一直不好，于是想到了死，我那愚蠢的妻子也净说一些毫无根据的谎话搪塞我。作为临死前的纪念，我带着妻子，六年来第一次一起逛了逛千叶。

千叶的街头到处都死气沉沉的，没有什么可逛的，去看电影的时候，买了汽水和没有什么水分的梨，黑暗之中，我大哭了起来。

有时，我会独自垂泪。多半是"男人的懊悔之泪"，有时也会没出息地低声哭泣，六月，我在众人面前大哭了两次。我只剩下了真诚和情感这两样东西。而不懂我的真诚、情感的人，两个、三个纷纷离开了我，也听闻有人在骂我。神之子耶稣那么睿智、慈悲甚至牺牲自己都没能被赦免。而这个审判权现在在东京的某个角落，然而却是愚蠢的、武断的，太可悲了。所以我立刻想跟井伏君念叨念叨，不骗你，这封信我写了三遍，写了撕，撕了写，这封信太难写了，从提笔到现在已经是第五天了。我不想在背后说朋友的坏话，还望你明察。

　　未经许可便刊载了你的信[1]，不管你怎么谴责我，我都是感谢的，我会欣然接受，但是我不想成为其他那四五个人审判的被告。

　　在《文学界》的小说[2]内容里有很多封信，四分之三都是虚构的，剩下的三十多页是真的，请相信我绝不想伤害当事人，只是因为感受到了当事人的真诚，以及让我感动的友情，所以刊载了他们的信件。请相信我并非想给当事人造成困扰。情真意切，字字珍贵，唤起我生存意志，发自内心的呼喊，我只是将这些信件刊登了出来。

　　现在，我身体不好，躺在床上。但是我不想死了。我还事业未成，坚持到四十岁，好歹写出点像样的东西来，抱着这样的想法，我想活到四十岁。

我不抽烟了，也戒了毒瘾，酒也不喝了。是真的。为了活下去，我死乞白赖、空手、赤裸裸，未还的借款，拜托我家乡的哥哥帮我还，钱一到，我就还给大家。我知道，为了我活下去，朋友们都原谅了我。只有我还在自责，无法原谅自己。我心智不成熟，我文章欠火候，每夜我都在谴责自己。（十晚有一晚，我会觉得自己可怜。）

近日我将登门道歉。想起了一句川柳"武者穿上正在晾晒的盔甲，却被责备"，露出了久违的笑容。调皮的小孩子穿上晾晒的传家宝盔甲，虽然这盔甲原本就是自己的，却还是被妈妈骂哭了。这场景栩栩如生浮现眼前。这就是过去的我，惊慌失措、不知道怎么解释、愚笨的样子。

夹竹桃⁽³⁾开花了，请您一定来一趟。（也请伊马兄⁽⁴⁾一起来）。盂兰盆节就要到了，小庆⁽⁵⁾、奶奶、夫人全都带上来我家吧，这将是人生一大乐事。

拜托了，比奈子⁽⁶⁾、大宝儿⁽⁷⁾都长高了吧，期待着见到他们。

一说为快，顿觉轻松，所有阴郁一扫而空，什么都不剩，只剩这蓝蓝的天空。不忘初心，一路前行。

致井伏鳟二

再启

出版纪念会已经拜托给出版商了。

注

（1）《虚构之春》里，收录有井伏氏的两封信。

（2）《虚构之春》。

（3）船桥的住所门口，太宰治自己种了一株夹竹桃。在日本
战败后的随笔《十五年间》（《文化展望》，昭和二十一年四
月号）中，关于船桥家门口的夹竹桃他这样写道：

——以上列举的二十五个住处，我最钟爱的就是千叶县船
桥町这里。我在这里写了《Das Gemeine（青年的奇态）》，还
有《虚构之春》等作品。不得不从那里搬出来的时候，我向对

方祈求道:"拜托了! 请让我再住一晚,门口的夹竹桃是我种的,院子里的青桐树也是我种的。"我放声大哭的样子至今难忘。听说船桥的房子现在还在。

(4)伊马鹈平(春部)氏。

(5)圭介。井伏氏的长子。

(6)井伏氏的长女。

(7)井伏氏的次子。

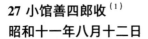

27 小馆善四郎收⁽¹⁾
昭和十一年八月十二日

群马县水上村谷川温泉川久保家⁽²⁾ 发出
青森市浪打六百二十番地小馆善四郎收

谨启

　　七日，我来到这里。我想变得健康一些，很痛苦，即便如此，也要度过这人间最难熬的苦难。肺病姑且控制住了，随后打算下山。每日开销一日元左右，多半自己开火做饭，贫困且不自由，跳蚤让人最难忍受。中毒的痛苦一日日减轻了，山中灵气逼人，连蜻蜓都不多见，稀稀疏疏飞过的样子像个幽灵。芥川奖的打击⁽³⁾，让我觉得莫名其妙，我正在打听其中原委。我不能忍受。我讨厌磨磨唧唧像女人的文坛人。

　　《创生记》⁽⁴⁾，为了爱情不惜一切。我相信会给世界文学增加一部巍然不倒的经典。代我问贞一兄⁽⁵⁾、京子姐、母亲好。

注

（1）信封中还装有岩田荣（童林社）的《少年》的画作照片（从杂志上剪下来的），写着："虽是无名之辈的作品，但值得过目。也想听听仁兄你的意见。"

（2）太宰治为了治好药物中毒来到此处。妻子也跟过来一起住了一段时间。下榻之处是一对老夫妇经营的民宿。这个夏天，他写了《姥捨》（《新潮》昭和十三年九月号）和《俗天使》（《新潮》昭和十五年一月号）。

（3）《晚年》被推荐为第三届芥川奖候补作品，但是没能得奖。同年得奖的作品为小田岳夫氏的《城外》、富泽有为男氏的《地中海》。住在此处的太宰治看到报纸上芥川奖的报道后，似乎受了打击。

（4）这篇文章发表于《新潮》十月刊。应该是太宰治住在谷川温泉时的创作。

（5）小馆家的长兄。太宰治的姐姐京子的丈夫。

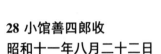

28 小馆善四郎收
昭和十一年八月二十二日

群马县水上村谷川温泉川久保家寄出
青森市浪打六百二十番地小馆善四郎收

　　在这里，我，一个人，为已经约稿两年的杂志《作品》和
《文艺泛论》^{（1）}写了两篇五六页的小随笔。

　　我将在这里待到月末，你也快来游玩吧。越快越好。乘上
越线在水上站下车，下车马上就能坐上大巴，很快就能到谷川
温泉。

　　你要是来的话，请给我发电报，拜托了。这里离日光市很
近。咱们一起去看瀑布，还有去参拜东照宫，在飞岛定城家住
一晚意下如何？^{（2）}

　　芥川奖，听说是菊池宽在反对。感觉一点点一点点，触到
了我的底线。当然，以后，我会专门研究菊池宽。

　　妇人画报社来了一个奇怪的约稿，让写一篇《奥之
奥》^{（3）}的文章，什么啊这是？！ 太奇怪了。

　　大日本雄辩会讲谈社来调查我的出身。身高、祖籍、学
历，一切一切以及作品的始末。真是奇怪。

　　十月号（九月十日）的《若草》上发表了《喝彩》，《新

潮》上发表了《创生记》,《东洋》⁽⁴⁾上发表了《狂言之神》。

我要为《中央公论》⁽⁵⁾写稿子了,而且是两部,是每部百页以上的约稿。

承诺十一月交稿。叫作《浪漫歌留多》⁽⁶⁾怎么样?

随信附上的明信片上的画,你好好看看。觉不觉得哪里有致命伤? 感受丰富、境界高深,是不可多得的抒情风格。但是,却不能直击灵魂打动内心,感觉就像是火车窗外的风景般不真实。这个作家,对创作对象的感受不够深刻,是肤浅的,我猜一定是个有钱的富家子弟。"自然"是严格的。不严谨的构图,危险,太危险了。一边摇头晃脑吹着口哨,一边随性地创作,想画到哪里就画到哪里,如果纯粹是取悦自己的心态,那我们另当别论,且会肃然表达对其赞美之情。但是,如果还有更高的欲望,想要获得画坛巨匠这样的荣誉,这种心态的新人,恐怕是不可能实现的。这种吹着口哨随性作画的态度,对于你我来说,把它当作难能可贵的理想状态。但是,首先,七十岁的夏凡纳,是不可能原谅的吧。

注

（1）岩佐东一郎编辑的文艺杂志。《作品》和《文艺泛论》都没有刊登过太宰治的短篇随笔。应该是没能完成吧。

（2）这个时期，飞岛定城转职到宇都宫为分局局长。

（3）太宰治在《二十世纪旗手》（《改造》昭和十一年一月号）中写到，一本叫作《秘中之秘》的杂志跟他约稿，要他以现代学生气为主题，写一篇关于东京帝国大学的学生生活的文章。好不容易写好了，最后却未能采用。最后这篇文章的部分原稿，成为遗稿保留着。这里提到的《奥之奥》的约稿，或许就是这个。

（4）富泽有为男氏编辑的美术杂志。《狂言之神》刊登于杂志《东洋》的始末，佐藤春夫氏的《芥川奖》（《改造》昭和十一年十一月号，《文艺》昭和二十八年十二月号再次刊登）中有详细记载。

（5）这里提到的稿子，一直没能完成，也有随后便住院的因素在内。另外，太宰治在《中央公论》上首次刊登的作品是《越级申诉》（《中央公论》昭和十五年二月号）。

（6）发表于《文艺》昭和十四年四月号上的《懒惰的歌留多》，也许就是这一时期的作品加工之后的成品吧。

从这里离开时的情形，太宰治在《俗天使》中如下写道：

在水上，依然没能治好这病，我在夏末，搬出了水上的住处。离开旅舍，乘上公交车，回头望去，看到了那个小姑娘，本来是微笑着目送我远去，忽然哇地哭了。小姑娘是隔壁房里的，和似乎抱病在身的小学二三年级左右的弟弟一起在温泉疗养。从我的房间窗户，能看到隔壁小姑娘的房间。虽然我们互相之间，早晚照面，但谁也没有打过招呼，都装作不认识的样子。当时，我从早到晚，净是写些请求借钱的信。虽说到现在，我都不是个诚实的人，可那时候的我更是半癫狂的状态，满口是可悲的逃避一时的谎言。我对于呼吸着活着也感到疲倦，将头伸出窗外的时候，隔壁的小姑娘，便发脾气似的，一把拉上了房间的窗帘，连我的视线也切断了。我在公交车上回头望去，小姑娘缩着脖子站在隔壁的租屋门口，那是她第一次对我笑，又转为哭泣。客人们渐渐地都回去了。我想，她是被这种抽象的悲哀猛然击中了吧。虽然明白，她并不是特地为我哭泣，我仍被深深地感动了。要是能再和她亲近些，该多好。

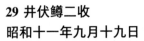

29 井伏鳟二收
昭和十一年九月十九日

千叶县船桥町五日市本宿一千九百二十八番地寄出
东京市杉并区清水町二十四番地井伏鳟二收

幸福总是姗姗来迟。

可怕的是不喜追捧的男人。直白的女人。雨巷。

有人这样说我的缺点：比现状更夸张的悲鸣。苦恼越深越是宝贵，我认为这是不对的。我也有粉饰，但是指指点点说我夸大现状的悲惨程度云云，我并不认同。我不是为了自尊心写作。我想给某个人带来幸福。

曾经，为了在这个社会，不，是四五个好友之间哗众取宠，我假装随波逐流，于是，自食恶果，遭到了报应，严重的报应。因为实际上我并未随波逐流。

这种风格的转变，这种转变，是必要的我才去做，可能因为如此才被认为是"卖惨"吧。

考虑到五年、十年，甚至是死后，我都不会刻意说一句谎话。

堂吉诃德，即使被甩被踹，只要有一只小小的、瘦弱的

"青鸟①"，就会坚持不懈义无反顾，绝不会轻易放弃理想。

忍不住想要写小说，但是没约稿，不被信任的现实。《里之里》⁽¹⁾之类的约稿，绝对是及时雨，反复修改了很多次，后来还是退稿了。

人们总是会把被别人认可当作头等大事，今夜，我思绪万千，怀抱井伏君的信静静地躺在床上。

昨天晚上，在我去东京的时候，我们家进了小偷。那小偷只偷喝了一瓶葡萄酒，还剩了半瓶就离开了。今天，我凝望着小偷的足迹，感觉甚是亲密。

十月入院⁽²⁾的事情基本确定了，医生说两年能够完全康复。我相信他的话。

请相信我。

自杀。"如果真到了这一步，请无论如何悄悄透露一下。"我不想留下那样的遗憾，所以透露了一些。

最近我的所言所语，都是这个打算。

---

① 《堂吉诃德》中为幸福的象征。

注

（1）井伏鳟二的《太宰治集》的解说中，引用了这封信，注
解道："是写给朝日新闻的随笔。"

（2）太宰治想在正木不如丘氏经营的富士见疗养院疗养，想
要治好呼吸疾病。

30 井伏节代⁽¹⁾ 收
昭和十一年九月三十日

千叶县船桥町五日市本宿一千九百二十八番地寄出
东京市杉并区清水町二十四番地井伏节代收

寄来这样的明信片，还请您不要怪罪。

拜托了，请井伏君和佐藤君一如既往支持我，见了面请不要批评我，这样的话我就可以忍受万般苦难活下去了。真的。我，弱小无力，没有什么可以表达谢意，只能满怀诚意用"语言"尽力向你们表达谢意，除此之外别无他法。然而这些话，因为悲伤过度，找不出一个词说不出一句话。每时每刻每件事情，都非常感谢。什么都说不出来了，就这样吧！

去温泉后情况越发恶化了。整理好手头的工作，只要有钱我就住院，疗养两三年后回来。

注

（1）井伏鳟二的夫人。

31 今官一收
昭和十一年十月四日

千叶县船桥町五日市本宿一千九百二十八番地寄出
东京市世田谷区北泽三丁目九百三十五番地今官一收

没有一天不对你大加赞赏。

不忍池大家见过之后，我没有再和谁说过话，也没有见过任何人。

三个月，只来了八封信。

其中有三个人寄来的三封信，弥足珍贵。

这三封信，胜过千百句溜须拍马以及好过任何不负责任的吹捧，这三封信中的其中一封，就是今兄你的。

请让我为你做点什么。

十一月，债务和工作必须有个交代，然后开始为期两年的疗养生活。就当是山上垂训的查拉图斯特拉再次肝肠寸断。

船桥，还会再待一个月的样子。

入院前夜，恐怕是难以按捺想死的冲动。希望这一夜能够热闹一点，哪怕就一点点。佐藤先生、井伏先生，就几个自己人，在我家，咱们一起喝喝茶，也欢迎您夫人、您女儿一起来。请您转告夫人："我已经找到了用人，妻子先暂居东京的朋友家里，我一个人去住院，有空请多来串串门，妻子已经开始收拾行李了。"

我唯一信任的、尊敬的人，仅剩下的一个人，光荣、刚毅的男人。

太宰治

致今官一学长

昭和十一年十月四日

注

这封信署名时间之后十天左右，即十月十三日，为了治疗麻药中毒，太宰治住进板桥江古田的武藏野医院。

根据新潮社出版的《太宰治集》中井伏君的讲解，关于这件事情做了如下描述。

关于太宰治镇痛药成瘾这件事情的真相，我是在昭和十一年十月七日这一天得知的。在我的备忘录《关于太宰治的日记》中《应以将来为题》这一章中，我这样写道："十月七日，太宰治的太太初代来访，跟我说太宰治因为镇痛药成瘾，每天要注射三十到四十支镇痛药，请求我立刻将此事告诉他老家的哥哥津岛，赶紧让他住院。说他有的时候注射次数还要更多，有时甚至到了五十支，一次一支不管用，至少四五支。我回答说，这件事情我一直不知情，现在也是为难。初代回答说，太宰治总是说再等两三天、再等两三天，自己的身体自己知道，于是就拖到了今天。我表示也赞成住院治疗。"（中略）太宰治接受了院长的初诊，诊断结果认为必须住院治疗，让他在入院申请书上按了手印。最后将太宰治一人留在医院，我们就走了，大家感觉自己做了残忍的事情，心头沉甸甸的，于是在新宿的樽平和北君（小山注：北芳四郎。曾经受过太宰治的父亲源右卫门的关照。洋装商人，住在五反田大崎）一起喝了几杯，但是不住院他可能会死掉。院长说他就像一个干枯的空壳一样。

住院的第二天，院长给北君打了一通电话，说患者太宰治有自杀倾向，已移至监禁室，需要一个看护人，请理解配合。北君赶来通知了我。入院第六天，根据院长诊断，成瘾症状已有所缓解。（中略）入院第十五日，初代带来两封写给太宰治的信，是新潮社和改造社写来的，都是拜托他为新年号撰写小说。十一月十二日出院后，太宰治完成了新潮社的约稿。出院后，他在荻洼住了三天，随后移居至天沼卫生院后面木工居住的二层八叠大的房间，之后又去了热海疗养，稿子应该就是这段时间完成的。也就是《新潮》四月份刊登的新作《Human Lost》，记录了他住院期间的生活。改造社的约稿也寄给了对方，便是第二年《改造》一月刊刊登的《二十世纪旗手》，是在提交给文艺春秋的原稿的基础上修改后的稿子，两篇均获得好评。

太宰治住了整整一个月医院。《Human Lost》便是以住院时日记的题材体现的。

32 小馆善四郎收
昭和十一年十一月二十九日

静冈县热海[1] 寄出
青森县浅虫温泉小馆别墅小馆善四郎收（明信片，横书，署名朱麟堂）

尼禄①，透过寝室的窗户，凝视着罗马的熊熊之火，沉默不语，毫无反应，面对美妓的谄媚之笑，捧着美酒，默不作声。遥想在阿尔卑斯山顶，战火硝烟中战败将领的沉默。

有仇报仇，有恩报恩。[2]（这并非任何人的过错）

"伤心。"

沿着河边小路走上去，是一座红色的桥，跨过桥，会是一户人家吧。[3]

---

① 古罗马帝国的皇帝，是古罗马乃至欧洲历史上有名的残酷暴君。第二次布匿战争时，哈斯德鲁巴打算翻越阿尔卑斯山南袭意大利。尼禄早有准备，大败迦太基军队并杀死其统帅。

注

（1）根据井伏君的解说，太宰治移居热海是十二月上旬，但从这封信的日期来看，似乎在那之前就已经去了热海。

（2）这封信中的内容，除了末尾的和歌，全文都出现在了《Human Lost》中十一月三日的内容当中，想必此时《Human Lost》应该已经写完了。

（3）酒醉后的太宰治经常提笔写和歌，这便是其中的一首。这首和歌应该就是这一时期创作出来的。

这一时期，太宰治发表的作品有《盲人草纸》《阴火》《雌性杂谈》《虚构之春》《狂言之神》《创生记》《喝彩》等，另外，第一部创作集《晚年》也在这一年出版。

在《晚年》中，太宰治饱含对前辈及友人的感激之情写了赠言，其中知道的几个有：

赠丰岛与志雄：我心中潜藏的阴郁，与君相似。

赠石上玄一郎：想前去拜访，却只能在帐中哭泣。

赠今官一：诚实，花开了是爱情，置身工作是敬意，燃烧的是青春，夜夜思索是鞭策，如今我仅存诚实。

赠川端康成：月下的老人说，"想要重新做人"，醉生梦死不会再有。

赠檀一雄：活得仓促，也感受得匆忙。①

赠伊马鹈平：佐藤让我看到的是伟大的希腊式王道，井伏给我的是让我诚惶诚恐的斯巴达式的严酷训练，而伊马君让我看到了人生而孤独的本质。

赠龟井胜一郎：一边沐浴着朝阳一边给红红的苹果削皮，啊，我也想要享受这样美好的时光。

赠中村地平：大家，所有人，都很好。

第二年，即昭和十二年三月，太宰治和妻子一同前往水上温泉，殉情自杀未遂。详细情形见《姥舍》及《东京八景》。回到东京后，太宰治与妻子便分开了。六月，他搬到天沼，寄居在一个叫作镰泷的民宿。

---

① 出自普希金作品《叶甫盖尼·奥涅金》。

33 中畑庆吉收
昭和十二年①六月二十三日

东京市杉并区天沼一丁目二百十三番地镰泷寄出
青森县五所川原町旭町中畑庆吉收（明信片）

拜启

最近给您添了不少麻烦，实在感激不尽。前几日见到了初代的叔叔，说是一切顺利，初代正在碧云庄⁽¹⁾整理东西。前天，我搬到了信封上的这个地址，正在着手开始写作。这里只有一张桌子一床被褥，别无其他。如果您不介意的话，夏季用品和腰带，帮我悄悄送到井伏君那里可好？

> 注

（1）太宰治夫妻之前一直居住的公寓。

---

① 1937 年。

34 平冈敏男⁽¹⁾ 收
昭和十二年七月二十二日

东京市杉并区天沼一丁目二百十三番地镰泷寄出
东京市麹町区有乐町《东京日日新闻》经济部平冈敏男收（明信片）

拜启

　　好久不见。于情理不合但却一直没有勇气见你，实在失礼，还请原谅。这几天一个叫作版画庄的地方，会给我出一个小册子类的书⁽²⁾，应该能收到一些钱，手头也有作品即将完成，应该还能有一部分收入。

　　这个月，初代回到自己的老家和母亲同住。我带着寝具和一张桌子，搬到了一处出租房，其余东西全部给了初代，临别赠礼也就区区三十日元，虽然很少，但仅凭我一人之力，也无法做到更多，凄惨的分别。请帮我给上田君⁽³⁾带句好，下月十日左右，应该能筹够钱。

注

（1）弘前高中时期太宰治的前辈。当前是《东京日日新闻》评论员。

（2）单行本《二十世纪旗手》(昭和十二年七月版画庄刊)

（3）上田重彦（石上玄一郎）。石上氏和太宰治同样于昭和二年考进弘前高中，石上氏文科乙类（德语专攻），太宰治氏文科甲类（英语专攻）。石上氏也是弘前高中时期太宰治的同人杂志《细胞文艺》的同僚。镇痛药成瘾时，太宰治好像是通过平冈向石上借了些钱。

35 中畑庆吉收
昭和十二年九月二十五日

东京市杉并区天沼一丁目二百十三番地镰泷寄出
青森县五所川原町旭町中畑庆吉收

拜启

　　天气转凉，想必家乡的红叶也开始染上红色了吧。大家都还好吗？ 我已渐渐习惯出租屋的生活，每天悠闲度日，请大家勿念。

　　前几日你专程来看望我[1]，受宠若惊。还送来电池、毯子等生活必需品，非常感谢。和服的花纹很漂亮，我很欢喜，托你的福，这个秋天可以过好了。

　　最近正在给《新潮》写稿子。先写了一篇二十五页的短篇，送到新潮社后，编辑亲切地跟我说："太宰你生病期间名气稍有回落，期待康复后更多的好作品问世，并及时恢复名誉，长度不限，四十页、五十页，多少页都可以，期待佳作问世。"我定不辜负编辑的好意奋发图强，努力写出一篇五十页左右的佳作。计划尽可能本月内完成，却突然发现之前交稿的二十五页作品的稿酬不够交房租和维持生活了。能不能赶下月十日之前先借我二十日元，我将不胜感激。这次五十页的稿子完成后，拿到稿费就可以还给你。我保证以后不会再有类似的事情，真心请求能借钱给我，不是用在乱七八糟的地方，请务必放心，给你添麻烦了。

修治敬上

请代我问您夫人及诸位安好。

《二十世纪旗手》这一短篇小说出版了，这几天给您寄过去。

注

（1）"当时，中畑每月上京一次，每次都和北君一起看望太宰治。"井伏氏的随笔《亡友》（收录于《井伏鳟二选集》第七卷《牡丹花》）中《镰泷》这一章节中这样描述道：

这一年发表的作品有《二十世纪旗手》《Human Lost》《灯笼》（发表于昭和十二年十月号《若草》）。出版了单行本《虚

构的彷徨》(昭和十二年六月《新潮》社刊)及《二十世纪旗
手》两部作品。

在井伏鳟二的《太宰治集》中，关于镰泷这处住所这样
写道：

太宰君，住在能够沐浴夕阳的二层，房间里一张桌子、一
个电暖炉以及一张床，不管什么时候去，都有两三位客人在，
有时白天也有客人躺在床上。和初代分开时，一应家当全部给
了初代，家具什么的都没有了，神龛里的佛像（小山注：太宰
治的亡兄生前在美术学校的雕塑专业学习过，是他做的佛像）
也都收了起来，感觉无比荒凉凄惨。

老家寄来的钱，自从搬离船桥的住所后，都是由中畑送到
井伏氏手里，然后由井伏氏转交给太宰治。

太宰治在这处民宿一直住到了第二年九月中旬，在太宰治
的《东京八景》中，关于这一时期，这样写道：

我终于和 H 分手了。我没有挽留的勇气，说被甩了也无
不可。我以一副人道主义的模样虚张声势，佯装忍耐原谅，但
我切实地感觉到今后的日子将如同丑陋的人间地狱一般。H 一

个人回到了乡下的母亲处。西洋画家也从此没了音信。留我一个人在小公寓里自生自灭，学会了喝烧酒，牙齿也开始松动掉落了。我变得愈加讨人厌了。我搬到了公寓附近的出租房里，最差的那种。我想那才适合我现在的生活。如果那是我与人世间最后的诀别，那我倚靠门边，看到的是月影、展现眼前的荒野，还有静静伫立的松树。我经常一个人在出租屋小小的四叠半的房间里独自喝酒，喝醉了就走到公寓门口，靠着门柱哼唱着不着调的小曲儿。除了两三挚友之外，再无人搭理我了。我也渐渐明白在世人眼里我到底是什么样的人了。我就是一个无知傲慢的无赖、一个白痴，还是下流狡猾的好色之徒，伪装成天才的骗子，奢侈地每天听着三味线度日，缺钱了便以自杀威胁老家的亲人，像对待猫狗一样虐待贤良的妻子，最后还把她赶出家门。世人或厌恶，或嘲笑，或愤慨，谣传着各式各样关于我的事情，我已经被深深埋葬，被当作死人、废人般看待了。觉察到这些之后，我更加不想从房间里出去了。没有酒的夜晚，我就一边啃咸咸的仙贝一边看推理小说，这是我小小的乐趣。杂志社也好报社也好，一个约稿的邀请都没有。而且我什么都不想写，也什么都写不出来。生病时的欠款，虽然没有人来要债，但即便在夜晚的梦中我还是为此烦恼不已。我已经

30 岁了。

　　到底是什么契机让我改变了想法呢？ 我想，我得好好活下去。是老家的不幸给了我力量吗？ 大哥当选了议员，之后却又因为违反选举法被起诉了。我一直很敬畏大哥为人严谨的品格，定是身边有恶人故意而为之。姐姐走了，外甥走了，还有堂兄弟也都撒手人寰了，而这些我都是从别人那里听来的，因为我早就和家里断了音信。家里接二连三的不幸，终于唤醒了我。对于大户人家这个身份，我一直羞于启齿，也为自己是有钱人家的孩子而自卑，从小我就为这些不当的恩惠而战战兢兢，人也变得自卑、厌世了。我一直坚信有钱人家的孩子，就该像个有钱人家孩子的样子落入地狱，逃避是怯懦的表现。我也一直拼命努力想要像一个罪孽深重的孩子那样华丽地死去。可是一夜之间我明白了，别说是有钱人家的孩子了，我现在已经是个衣不蔽体的贱民了。从老家寄来的生活费，过了这一年应该就会断了。我的户籍已经分离出去了，生我养我的老家遭受了沉重的打击处于谷底，我那让人敬畏的特权已然荡然无存，甚至更糟。还有一点，在出租屋的房间里连死的勇气都没有，终日昏睡的我，身体却不可思议地好了起来，不得不说这也是很重要的一个原因。当然另外还有年龄、战争、历史观的动摇，厌恶懒惰、对文学的谦虚以及神明保佑等各种各样的原因，解释这种人生转机，终归是虚无缥缈。即使那解释勉强算是正确的，其中一定有某处飘浮着谎言的味道。是不是因为人不是总在万般思虑之后才会选出要走的路呢？很多情况下，人都是不知不觉就踏上了不同的世界。

30 岁那年的初夏，我第一次发自内心地决定要靠写作生活。回想起来，这决心还是来得晚了。我在出租屋里，一间家徒四壁的四叠半的房间里，拼命地写作。出租屋的柜子里如果有剩下的晚饭，我就偷偷把它捏成饭团，留到深夜写作饥肠辘辘之时用来果腹。这次不是作为遗书，而是为了生存而写作。这期间有个前辈一直在给我鼓励，即使世人都嘲笑厌弃我，只有那位前辈一直默默地支持我。我必须报答他这份珍贵的信任。

36 井伏鳟二收
昭和十三年①八月十一日

东京市杉并区天沼一丁目二百十三番地镰泷寄出

山梨县南都留郡河口村御坂岭天下茶屋⁽¹⁾井伏鳟二收

谨启

　　两三日前，这边也开始热了起来，您那边天气怎么样？

　　遥祝您能够安心静养并能专心写作。您不在的这段时间，虽然离您很近，但却没能帮上什么，实在不成体统。如果东京那边有什么能够帮得上的，请尽管和我开口。

　　写作，每天在一点点进行，再有两三天手头这篇小说⁽²⁾就应该可以收笔了，这篇寄去新潮社，接下来立刻就会开始创作文艺春秋的约稿。写实的自叙体小说我已经写够了。想选虚构的、轻松的题材。

　　娶妻的事情，我非常感激，感觉到了前所未有的人世间的温暖。从井伏君的字里行间就能深切感受得到。对我的照顾心怀感恩诚惶诚恐，绝不是谄媚之词。总是劳您费心，总是给您添麻烦，很是过意不去。一直让您关照，总是妨碍您工作，不

---

　　①　1938 年。

知如何是好。我也想写出好的作品，无奈性子不稳所以心里没底，只能是尽力先埋头创作。娶妻的事情⁽³⁾，只希望不要妨碍到您创作。如果让您为此焦心的话，我会不知所措。我的幸福，您不用如此挂心，不用太过在意，闲暇时操操心便可。光听您提起这件事，我就已经非常感激了。娶妻的事情，不管是否顺利，我都不会介意，依旧会认真写作，向您保证，因此，您不用太过费心。

汇报一件不好意思的事情，九月份我可能会有一些钱，想着去趟甲州，现在还不确定。我不善计划，连自己都生自己的气，不过，我打算赶这个秋天，无论如何都要将生活理出个头绪来。

絮絮叨叨说了这么多还请见谅，下次一定给您汇报点开心的事情。

衷心祈祷您能够安静休养。

太宰治

致井伏君

注

（1）这一年，井伏在此度过了一个夏天。

（2）《姥捨》。

（3）这一时期，北氏和中畑氏想要再给太宰治介绍一位妻子。担心没有家庭的话，太宰治的生活会陷入混乱，而再度注射麻药。太宰治为了寻找良配，专门去了新宿的咖啡馆，然而似乎并不怎么受欢迎，很少有搭理他的。井伏氏的随笔《亡友》里这样记载道：

　　（前略）然而，甲府一个叫作齐藤的人的夫人来跟我说，您女儿的亲事已经妥当了，您来当媒人吧。我推辞掉了，推荐了别的人，这件事情也是当时东拉西扯的闲聊。（中略）说新宿的女招待没把太宰治太当回事，齐藤的夫人说，这是当今不多的浪漫佳话，言语间感觉她没有把这件事情太放在心上。然而夫人回到甲府后，却传来佳音，并寄了照片过来，夫人女校时的朋友有四个女儿，想介绍排行老三的女儿给太宰治，本人是个温顺聪慧的人，信里写到，如果事情顺利，他们夫妻可以当媒人。我跟中畑说了这件事，然后给齐藤夫妇回信，拜托他们一定促成此事。太宰治来的时候，我没有多说，直接递上照片，太宰治什么都没说带着照片回去了。之后的一周还是两周，太宰治一直没有任何回音，我也就没再过问。一个月后，我出门旅行，在御坂岭的茶馆停留了几天，原本打算待一两周，最后一待就是四十来天，时不时会给太宰治写几封信，劝他也来一起住段时间。

37 井伏鳟二收
昭和十三年九月二日

东京市杉并区天沼一丁目二百十三番地镰泷寄出
山梨县南都留郡河口村御坂岭天下茶屋井伏鳟二收

拜启

　　明信片已经收到了。女人的心思太难懂，我只能苦笑，也知道怪不得他们，甲州的女人还是……我深知自己现在的处境，算是雨过天晴吧，绝不是逞强。所以，以后，这件事情也请井伏君不要太过在意，就翻篇吧。让你费心了，不知道该怎么感谢。

　　您家里都好，请勿挂念。我给《新潮》寄了一篇三十八页的稿子，上月末写了一篇四十页的稿子，原本打算给《文艺春秋》寄过去，最后还是觉得内容太过单薄就这样寄过去太不像话，所以又从头开始写了。预计十号应该能够写完。

　　四五天之前，我发了一场高烧，接着就拉肚子了，心里很慌，但是前天烧退了，现在还是腹泻，很是烦恼，应该是肠炎吧。所以这四五天没有写作，只是躺着休养。

　　身体正在一天天恢复，请不要担心，只是瘦了好多。

　　我想明天就可以开始写东西了。只有写作。正如你所说"以写作为生"，除此之外毫无意义。现在肚子很不舒服，写的东西都没有什么章法可言了。

有时间前去拜访。祝工作顺利、身体健康。

治

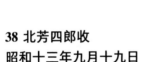

38 北芳四郎收
昭和十三年九月十九日

山梨县南都留郡河口村御坂岭天下茶屋⁽¹⁾ 寄出
东京市品川区下大崎二丁目一番地北芳四郎收

　　好久不见。十三日我来到这里，暂住在山中的一间房子里，专心写作。井伏君在这里写东西待了四十来天，今天晚上回东京去了。给我介绍的结婚对象，对方打听了我很多情况，还比较满意。今天，我和井伏君一起去了对方家里拜访，然后井伏君先行一步回了东京，让我在这里再待两三天，和对方家里人熟悉熟悉。对此，我毫无异议⁽²⁾。接下来，井伏君有很多工作要忙，他跟我说："如果没什么问题，你就一个人待在这里几天。"可是我一个人什么都做不了，所以井伏君也提出："之后的事情，拜托北芳四郎如何？"井伏君对我的照顾已无法言表，实在不好意思再给井伏君添麻烦了，所以接下来就麻烦你了。井伏君说也会跟你说这件事情。我一个人，接下来会怎么样，实在心里没底，担心得不得了。

　　无论如何拜托你了！ 想必井伏君已经去过你家里了，还请顺道来趟这里，多跟我聊聊天，不胜感激。

　　接下来一个月，我会一直待在这里专心工作。以后，所有的事情我都将竭尽全力去做，请毋为我担心，也请务必相信我。

先向你报告这些，拜托了。

津岛修治

致北芳四郎君

对方的地址是山梨县甲府市水门町二十九号，姓石原。

我给中畑君也写了信。

注

（1）九月十三日，太宰治带着《姥舍》的稿费来了。关于此事，《东京八景》中这样写道："我不想乱花稿费，所以先交房租，然后赎了一件可以撑门面的和服，接着就出门旅行了。目的地是甲州的一座山，想要整理整理思路，着手写一篇长篇小说。"

（2）关于这次相亲，太宰治在《富岳百景》（《文体》昭和十四年二、三月号）中如此描述道："我记得是在次日的次日，井伏君回到了御坂岭，我也跟着到了甲府。在甲府，我将与一位姑娘相亲。我跟着井伏君，前往位于甲府郊外的那位姑娘的家中拜访。井伏就随随便便穿了件登山服。我系着角带，穿了件夏天的和服短外套。姑娘家的院子里种了很多蔷薇，对方的母亲出来迎接我们，带着我们到了客厅。互相问候时，那姑娘也进来了，我没有抬头看姑娘的脸。井伏君和对方母亲天南海北地闲聊着，突然井伏嘟囔了句'呀，富士'，抬头看向我身后门框上的横木，我也扭过身子，抬头看着身后的横木，一张富士山顶火山口的俯瞰图，嵌在画框中挂在上面，好似一朵洁白的睡莲。我看了看那幅画，又重新端坐好，趁机瞄了一眼那姑娘。就是她了！ 也许会有波折，但是我想和眼前的这个人结婚。感谢那幅富士画。"

39 井伏鳟二收
昭和十三年九月十九日

山梨县南都留郡河口村御坂岭天下茶屋寄出
东京市杉并区清水町二十四番地井伏鳟二收

谨启

前段时间承蒙关照，您的恩情感激不尽。

之后，我也和几个人聊过天，但是我不善言辞，当初要是和您一起回去就好了。

我没有任何不愿意，当时要是您夫人[1]也能见一面该多好啊。实在是遗憾，时间关系，没能拜访齐藤先生，现在正在给他写道歉信以及感谢信，也告诉了他我的想法。

之后的事情，写信拜托了北芳四郎，也向中畑君写了信，汇报了近况。接下来会怎么样，我也无从知晓，姑且拜托北芳四郎和中畑君帮忙多操操心，当然也是我心里没底。我能做的只有写作，目前的打算也就只有专心写作这件事情。

一个人在旅馆[2]写信，不知为何感到很是凄凉，按理不是这个年纪该有的情绪，但还是觉得悲伤。明天开始还是专心写作吧。请放心。让夫人也跟着一起担心了，请帮我转告她，我会珍惜身体好好工作。今天就先写到这里，诚心感谢你们。

随后，我再去拜会。

修治　拜

致井伏君

注

（1）井伏夫人比太宰治早两天到达天下茶屋，相亲那天，夫人留在了茶屋，并没有一同前往甲府。

（2）这一天，太宰治相完亲后，在甲府的旅店小住了一日，第二天坐着大巴返回了茶屋。

40 中畑庆吉收
昭和十三年九月二十五日

山梨县南都留郡河口村御坂岭天下茶屋寄出
青森县五所川原町旭町中畑庆吉收

拜启

　　天气渐凉。这边应该比五所川原冷多了。现在写东西的时候，得穿两层棉袍，晚上更加难熬，但是为了生存，也只能忍受。相亲的事情，那位姑娘看了我的创作集，我的事情也都知道了，听说她考虑再三后表示，有缘的话想继续交往[1]。对我而言，觉得我的事情没有必要欺瞒，如此这般的话，应该和井伏先生两个人去见见。无论如何想拜托你帮忙。井伏君并非直接认识石原家，而是与叫作齐藤的人士认识，通过他的撮合，认识了石原。齐藤是甲府市一所汽车公司的会计主任，貌似脸面很广，而且对我也很好。他每天委托巴士司机给我送来报纸等物品（甲府市到这座山上大致有八里）。时不时关心我有没有什么需要帮忙的事情。我受宠若惊，真不知道该怎么感谢他。齐藤氏对我的经历、品行做了充分的调查，关于我家里的事情他也是了如指掌。我很想促成这段姻缘，定当竭尽全力。我想送给齐藤氏一小箱苹果，你觉得怎么样。可以的话，

能否拜托你趁我人还在这里的时候就寄过来呢。我一个人，晚
上总是想东想西，自己都觉得奇怪。请不要见笑，无论如何请
帮帮我。

修治

致中畑庆吉君

　　齐藤的住址，我写在另外一张纸上了，也在信封里。

注

（1）宫内寒弥写过副标题为《给太宰治夫人》的一段文字，
在《关于才能》(《现代文学》昭和十八年一月号）这部短篇
小说中提到过，那时候在砂子屋工作的宫内受太宰治委托，给
石原美知子寄去了一本叫作《晚年》的创作集。

41 井伏节代收
昭和十三年九月三十日

山梨县南都留郡河口村御坂岭天下茶屋寄出
东京市杉并区清水町二十四番地井伏节代收（明信片）

收到您寄来的信件及报纸，万分感谢。连电池都寄来了，实在给您添了不少麻烦。我的心已经回到了荻洼，想得睡不着觉。

被夫人扔掉、结果让井伏君发脾气的那些栗子，依旧挂在悬崖边，已经干瘪了，孤孤寂寂挂在那里。

齐藤先生每天早上都会为我送来报纸。今天还送来了前几日我拜托中畑君带来的夹衣以及其他一些生活用品。中畑君好像跟我哥哥说了相亲的事情，看寄来的明信片中的内容应该是这样。

我也收到了石原寄来的信，根据信上所说，石原家里人感觉仿佛小源又回来了。小源是他们念帝国大学时去世的长子，对我的评价比本人都高，竟然是因为过去演过富山（《金色夜叉》[1] 里的）这个角色，我只能苦笑。

注

（1）尾崎红叶的小说。

42 井伏鳟二收
昭和十三年十月四日

山梨县南都留郡河口村御坂岭天下茶屋寄出
东京市杉并区清水町二十四番地井伏鳟二收

今天，我把您信里的内容告诉了楼下的大姐和她女儿，大家都欢迎您秋天过来。她女儿很担心那株野樱，每天都会照看，说是井伏君把它交代给自己照看，所以很紧张这株野樱。（野樱的叶子已经掉落了，但是我相信它会活过来）

今天身体很不舒服，感觉筋疲力尽，但是手头的小说总算是写了二十页，好歹看到了曙光，心里非常高兴。这部小说叫《火之鸟》[1]，预计是一部百页以上的小说。

上周日，在私立大学当老师的大学时代的友人高桥君[2]，徒步旅行顺便来到这里，并且住了一晚。第二天，我把他送到了甲府，顺便去齐藤先生工作的地方和他打了声招呼，然后和高桥君去喝了几杯。这周日，从吉田过来了三位男性友人[3]和一位女性友人，也和他们一起喝了几杯。

除此之外，再没做什么坏事。房租也是每十日按时交付。花钱，也就是上周日和这周日两次，即便这样，还是剩下了些烟钱。

今天也会付清房钱。

注

（1）未完成的小说。收录在后来的创作集《关于爱和美》（昭和十四年五月竹村书房发行）。

（2）高桥幸雄。

（3）那时还在富士吉田邮局工作的新田精治和同住在吉田的田边隆重等。两人皆已去世。在《富岳百景》、随笔《厌酒》（《知性》昭和十四年十二月号）、《关于服装》（《文艺春秋》昭和十六年二月号）等作品中，都有提到新田氏。

43 井伏鳟二收
昭和十三年十月十九日

山梨县南都留郡河口村御坂岭天下茶屋寄出
东京市杉并区清水町二十四番地井伏鳟二收

拜启

　　昨天，真不巧下雨了，多少有些扫兴吧。但是久别重逢且畅谈一宿⁽¹⁾，可谓心情愉悦。希望您归途一切顺利。

　　之后，我去找了趟齐藤先生，结结巴巴跟他坦白了我的实际情况。我穷困潦倒，并且家里并不管我，如果石原姑娘知道后仍不介意的话再继续交往。齐藤先生表示，之前已经跟对方言明此事，石原本人已经知晓这些情况。于是我在甲府住了一晚，第二天去了石原家里。正巧石原姑娘从大月市⁽²⁾回来，于是我只跟她母亲说了句："昨晚，我跟齐藤先生聊了聊，具体内容，随后齐藤先生的夫人应该会转达给您。"接下来与石原姑娘单独相处的时候告诉了她我的处境，我已与家里断绝关系，所有的事情都得自己来。那姑娘说，不在意婚礼仪式，她希望早些结婚，苦一点没关系，也让我不用勉强自己匆匆忙忙搞创作，一副会养我的架势，我终于放下心来。我想尽可能给齐藤长长脸，也为我一直以来不遵循世间规则、特立独行而感到懊悔。因此，如果可能的话，我想按照习俗常礼一步步努力。后来，我又与她的母亲和姐姐聊了很久，将我已被赶出家门[3]、身无分文、八年从未归乡的事情尽数阐明。她母亲笑了笑，并未露出失望的表情。我说再过十年，应该会有所作为。她母亲反复表示，是啊是啊，希望都在未来，重要的是认真工作。

齐藤夫人说，如果事情定下来了，按照甲府的习俗，一定要有带酒上门的一个入酒式[4]。我们之中也就英之助结婚的时候井伏君做过这个事情，该怎么办呢？我说那就拜托给北君吧。夫人犹豫着表示，因为是通过井伏君才能认识石原姑娘，最好还是由井伏君来完成这个仪式。我很为难，怎么还能给井伏君添麻烦呢，可是家里不管我，也就是北君了，只是他会不会为我做这件事情，心里还是有些没底，而且我也没什么亲戚。正当我不知道该怎么回答时，齐藤先生说："先看井伏君的安排，如果他不能来，那时我们也可代替井伏前往。"问题终于得以解决，我说那就由我先跟井伏君说说这件事情，但是看齐藤夫人的样子，仿佛还是希望由井伏君亲自来办。于是最后商定，先由我跟井伏君商量，有了答复我再回复他们。整个过程相当艰辛。

虽然我已经发誓不再给井伏君添麻烦了，但是北芳四郎那边似乎不太方便，齐藤这边又说非井伏君不可，那么可以拜托井伏君先帮忙渡过这个难关吗？ 这之后的事情我就可以自己去见石原姑娘，自己和她商量结婚的事情，我试着自己处理。只是这个仪式，不能不给齐藤夫妇面子，而且他们也是介绍人，也就这件事情想按照这边的规矩进行。接下来的事情，我自己直接和石原商量，花钱的事情能省则省，想尽快把婚结了。到时候根据情况，在大月市附近租个房子安顿下来也无不可。形式上，相亲结婚也好，别的也好，应该和恋爱结婚一样吧。即便这样，这个入酒式还是想按照齐藤先生说的去办，就这一次，真的，接下来不会再麻烦井伏君了，拜托了。如果因为工作不便前来，还请麻烦给齐藤先生写封信，拜托他们代为前往，但是，在此，还是恳请井伏君能够接受我的请托，可否请您先接受。

另外还有一件事情，实在不便跟齐藤先生请教。这个入酒式，不知道究竟需要多少钱，我和英之助[5]的情况不一样，想尽量小规模进行，预算为五日元或十日元，不知道够不够。我实在不懂这些，还请给点建议。

听说井伏君能来，石原姑娘不知道有多么高兴，之前井伏君一个人在山里的时候，她就说过很想见一见您，我让她自己写信给您，她觉得这样反而失礼，所以一个人在苦苦烦恼。我喜欢她，所以拜托了。这两三日，我为家兄以及别的事情烦恼不已，昨晚辗转反侧难以入眠。我拨开层层迷雾，努力想要活下去。请给我一些良策吧。

　　　谨上

　　　　　　　　　　　　　　　　　　　　　　津岛修治再拜

注

（1）据井伏氏《亡友》中记载："到了十月，我又一次去了御坂岭。（中略）十月的御坂岭可以眺望整座山被红叶染红的样子。听说太宰治前日外出了，客栈的老板娘说自己也不知道他去了哪里。问了一位叫作高野的姑娘，她说'太宰治去了结婚对象家里'，我到二楼他的住处一看，房间收拾得整整齐齐，桌子上放着墨水瓶，还有插着满天星的汽水瓶，太宰治喜欢用的刻着金色'G'的笔杆下，铺着一枚略微枯萎的大大的枫叶，是一枚红色的叶子。一看就是年轻女性收拾过的样子。我莫名被感动。可爱动人的桌面景致，可想而知太宰治在这山间客栈里享受着这个秋天。和镰仓荻洼的屋子里比起来，完全不是一回事。"

（2）相亲对象石原美知子，当时在大月市，奉职于都留女高。

（3）昭和五年，太宰治和银座酒吧的一个女招待在镰仓的一片海域投海自杀，女方一人死去，太宰治被起诉，之后就和家里断绝了关系。

（4）同样是在井伏氏的《亡友》中，写有如下内容："按照甲州的习俗，结婚前要举行一个入酒式，不举行的话会被街坊四邻笑话，完成这个仪式，男女双方也就被视作夫妻。男方去参加入酒式，但是新郎不去，而是由一位长辈带着酒一个人去女方家里。女方家里全家齐聚一堂，在神明面前供奉上酒水等候男方。随后再将男方带来的酒水和女方事先准备的酒水在神明面前混在一起交杯。"

（5）高田英之助。井伏的同乡，广岛县深安郡加茂村人。当时任职于东京日日新闻社。与给太宰治做媒的齐藤文二郎的女儿须美子结为连理。

44 井伏鳟二收
昭和十三年十月二十五日

山梨县南都留郡河口村御坂岭天下茶屋寄出
东京市杉并区清水町二十四番地井伏鳟二收

谨启

　　您的来信，昨晚已拜读，非常感谢。我认认真真，反复诵读了两三次。前几日寄去的信中，想要原封不动、尽量还原当日的场景，却写着写着开始不好意思起来，别说什么还原了，文字也越来越矫情，惹您不快了吧。实际上，比起表面上的风光，那一天我认真面对现实社会的残酷，疲惫不堪回到山上，两天的样子，肩膀酸痛到头都没法转，痛苦得不得了。

　　我多多少少知道该怎么做，写好了保证书，态度诚恳。请您相信，请您收下。

　　前几日，我接到了石原姑娘母亲写来的一封信，言辞间尽显亲切。我也将自己的过往、现状尽数告知对方，想着如果因此导致婚事不成那也就只能认命了。今天收到了她母亲和姐姐两人寄来的一封长长的信，信中说道："我们都不喜虚荣。坦诚以待、一步步走上正道以及真心和对职业的热爱才最重要。"除此之外还写了很多让人热泪盈眶的鼓励之词。姐姐也用毛笔写了不少内容，鼓励我说已经知道我的情况，应该多想以后，不要为此自卑。如此这般，所有人都在拼命为我着想，不管遇到什么事情我都不该再产生不负责任的想法。我要成为一名好的作家，即使不能成为主流作家，也要成就一番事业，在此向大家保证。

信里我也提到过，石原姑娘说不介意仪式性的东西，指的是订婚仪式婚礼这些事情，入酒仪式按照齐藤说的，要拜托给井伏君，我也想尽量按照甲府市的规矩来，所以给您写了信。前几日齐藤来信，信上说他也给您写信说了这件事情，好像我哥哥也跟您写信了，说了同一件事情，我也向您郑重请托。以后，我再也不会干那些不负责任的事情了，绝不让您丢脸。

今后请井伏君按照自己的想法，尽管给我提意见建议。入酒仪式的日子，看您哪天合适，请写信告知齐藤先生，就定在井伏君方便的日子吧，就这么办，如果用度在十日元的话，我随时可以拿出来。

我的事情夫人也没少操心，感谢之情无以言表，请代我向夫人问好。

修治

井伏君收

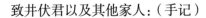

致井伏君以及其他家人：（手记）

　　此次和石原订婚之际，特此呈上保证书。我，自认算是有家庭观的男人，好也罢坏也罢，我不想再放荡不羁颠沛流离，绝不是在自我卖弄。只是我愚钝，不善交际，这种性格与生俱来已无法改变。和小山初代的婚姻破裂，对我打击不小，从那之后，多少体会到何谓人生，也明白了婚姻的真谛。婚姻、家庭，我想都需要经营，需要用心经营。绝不是在说些场面话。即便清贫我也会努力一生。如果再次婚姻失败，请就当我是个疯子弃我于不顾吧。以上言辞虽然平淡无奇，但接下来的日子里，无论面对什么人我都会这么说，即便是在神明面前我也能毫不犹豫如此起誓，请一定相信我。

　　　　　　　　　　　　　　　　津岛修治（印）

　　　　　　　　　　　　　　　昭和十三年十月二十四日

45 中畑庆吉收
昭和十三年十月二十六日

山梨县南都留郡河口村御坂岭天下茶屋寄出
青森县五所川原町旭町中畑庆吉收

拜启

天气转凉，大家都还好吧。托您的福，我身体尚可，在这山中一边与寒冷斗争，一边一点点写东西。

前几日，井伏君和学生远足途中，顺道来了趟这里，跟我说了家乡的情形。哥哥的事情未能解决，哥哥自己也猜到了这个结局，所以也不再奢求别的，以后会越来越好的吧。只是，倘若能通过英治兄[1]，或者别的什么人，可以早些知道这些事情的话，我也会心安许多。和井伏君见面的第二天，我去了齐藤氏（媒人）那里，本应该正式去提亲，但是反复思考一夜之后，还是决定先去甲府齐藤家拜访，将自己已与家里断绝关系，万事仅凭一人做主，已经被逐出家门，身无分文，以及其他情况全盘托出。两三日之后石原（相亲对象）回复，这些事情已经知晓，可以直接商量接下来的事情了，结婚就定下来吧。于是我备受鼓舞，感动得要哭了。

这件事情，井伏君也多有思量，此次确定婚约的仪式，我和齐藤君都给井伏君写了信，邀请他来趟甲府。井伏君回信说，如果不写下承诺今后无论如何不会离婚的保证书，就不会到甲府主持这个仪式。我很虔诚地写了一封保证书，承诺如果今后做那样的事情，就把我当成疯子。我也想出人头地，一点点重获大家的信任，努力好好干出一番事业，我应该不是一个一无是处的男人。

婚约仪式的事情，井伏君非常繁忙，能不能来，我有些担心。能不能也向中畑君拜托此事呢？这件事情大致花费十二三日元，这样的话，我从日常开销中省省就能拿出来。这个订婚仪式我自己能够应付，随后的订婚礼金以及其他开销，我努力写稿子，也应该会有进项。现在我没法大量创作，对方姑娘说"不在意形式，繁文缛节一律可以省去"，之后的事情我会直接和这位姑娘商量，能省去的环节尽量省去，我打算就在山里修行一年。身体已经逐渐恢复了，想和对方商量以后就在山梨县安家。无论如何，即使租房子也需要花钱，所以恳请中畑君将此事悄悄告诉我母亲，我会重新做人，靠母亲帮扶也就最后这一次，能否请你私下和我母亲商量一下，五十日元一百日元都可以，这些钱的话应该也不会不好开口，我会把这些钱好好用在结婚这件事情上，实在麻烦你了。

以上事情想要拜托中畑君，请一定帮帮我。

修治　拜

致中畑君

以及所有人

现在需要穿和服外套了，烦请帮我寄过来。总是麻烦你，实在抱歉。

注

（1）太宰治的二哥。

46 井伏鳟二收
昭和十三年十月三十一日

山梨县南都留郡河口村御坂岭天下茶屋寄出
东京市杉并区清水町二十四番地井伏鳟二收

拜启

昨天，匆匆忙忙写了封潦草的感谢信，请原谅我的无理。想必您也有很多事情需要安排，所以想尽早给您回信，定下日子后，我就从齐藤家飞奔出来赶去邮局，写了封电报。

十一月六日，就拜托您了！ 确定婚姻关系的仪式，定在了下午四点左右。井伏君要是定了来甲府的日子我一定会去接您。到时候请井伏君先到齐藤家，然后再去石原家。

这次，我是真的下定决心，一定要成就一番事业，以报答您的恩情，一生都会为此努力。

仪式需要的钱，我已经准备好了，这点不用担心。

真的是托您的福，井伏君介绍给我的妻子，我会珍惜一辈子，一定会成为幸福的夫妻。

六日见面后，想跟您再仔细说一说接下来婚礼的其他细节，以及我的想法。

今日，先呈上无尽的谢意。

修治　再拜

47 中畑庆吉收
昭和十三年十一月二十二日

甲府市西竖町九十三番地寿馆⁽¹⁾ 寄出
青森县五所川原町旭町中畑庆吉收

中畑庆吉君：

和服外套，还麻烦一定一定寄给我。成衣、旧衣服都行，只要是长一点的，合不合身也没关系。我再不奢求其他。请你，请你一定给我寄件衣服到甲府。

圭治兄给我的和服外套，衣襟、袖口已经破得不像样子了。

没有外套，冷的时候就没法去别的地方。拜托了。

┌─────┐
│ 注 │
└─────┘

（1）太宰治在天下茶屋住到了十一月十六日。十一月份的御坂严寒难耐，太宰治下了山来到这里。那时的随笔《九月十月十一月》（《国民新闻》昭和十三年十二月）中，关于这个寿馆，如此写道："拜托甲府的朋友，找了这么一个住处，叫作寿馆，管两顿饭，每个月二十二日元，是一间向阳的、六叠大小的房间。被褥及棉服是从友人那里借来的，我暂时在这间旅馆安顿下来。坐在房间里配备的书桌前，右边的抽屉里是写好的稿子，左边的抽屉里是空白稿纸，总算是可以开工了。"这里说的友人，就是石原家。

48 高田英之助收
昭和十三年十一月二十六日

甲府市西竖町九十三番地寿馆寄出

东京市世田谷区下马二丁目一千一百六十五番地甘粕氏转高田英

之助收

祝贺你！ 太好了！

这不是恭维的话，也绝不是嘲弄。

心中纠结再三，首先想跟你说的就是这两句。请不要多心，接受我的祝福。

二十三日这一天，我期待了很久，向神明祈祷了很多次，真是太好了。

须美子是个好姑娘，相信她是你的最佳伴侣。面对幸福，最好还是欣然接受，没有必要逃避。你的痛苦，我都明白，现在说起来还能坦然一些，而我像你一般痛苦之时，一个人在御坂，体会着如你那般的痛苦，甚至也想要自杀。但是，都过去了。你已经走了出来，祝贺你！ 太好了！

还有一句话：谢谢。老生常谈的一句话，有些害羞。但是，也请接受，须美子是我们的恩人，身在大月的石原姑娘也期盼须美子能够幸福。须美子是我的恩人，因为开始是须美子问我:"大月的石原姑娘怎么样?"所以石原姑娘也经常提到须美子对她的照顾。

恩人夫妇,请一定要幸福。

齐藤先生是个好人,我很喜欢他,他一直在照顾我,恩情不敢忘怀。写信的时候,也请将我无尽的谢意转达给他,无论如何拜托你了。

我,一介穷困书生,心中所想,无非他日能够有所成,对他的谢意,除此之外无以回报,请一定将我的意思转达给他。

你是我的恩人,所以如果以兄弟来论的话,请当我是你的哥哥。很奇怪的逻辑,但是我想成为你的哥哥。今后,弟弟那些难以启齿的复杂想法和举动,或是秘密什么的,弟弟都可以跟我说,哥哥会好好倾听,帮你整理分析,或是求助我的养父母(指的是井伏君),作为哥哥,很乐意为弟弟做这些。

你的苦楚,绝大部分,不,是全部,都是因为太爱须美子了,还有过于绅士了。

你一直苦恼的事情,请拿出点自信。我相信,苦尽总会甘来,请挺起胸膛追求你的幸福,向神明,向世间堂堂正正寻求幸福。

幸福的日子就会到来。这是肯定的,显而易见的,请你一定要相信,请一定尽心竭力好好爱须美子。千万不要害羞钻牛角尖，快乐的时候就尽情享受，你是历尽艰辛一步步走到今天的，所以你也有放松片刻稍作休息的权利。沉浸在甜蜜中也不可耻，是金子总会发光，所以安心经营你的新家，只要好好爱着须美子就好。须美子也爱着你，她一个人在甲府也承受了不少痛苦，一定要好好表扬她哟。

两三年，不，五六年之后，也许我们在日本还是默默无闻，但是我有的是耐心，我有自信总有一天会出人头地，总有一天。没有理由，我们不行。请慢慢磨好你的刀剑，准备好迎接那一天，慢慢磨，不着急。

今年我都会留在这边写手头的长篇小说[1]，每天写两三页。我没有钱付彩礼，打算一切从简，也没有能力承担结婚的开销，反正到时候总会有办法的。我有信心，没有什么比身无分文更快活的事情了。（新居安顿好后请告诉我，代问须美子好）

注

（1）《火之鸟》。

49 中畑庆吉收
昭和十三年十一月二十七日

甲府市西竖町九十三番地寿馆寄出
青森县五所川原町旭町中畑庆吉收（明信片）

拜启

　　早上看了你的明信片，我高兴得像个孩子，和上初中后第一次收到斗篷一样开心。十二月七八日的话，也就是说再等一周的样子，期盼这一天的到来。期待着你买的斗篷。

　　最近承蒙大家关心，我像重获新生一般，认认真真写作，请不要挂心。

　　一直以来，净让大家替我操心了。

50 中畑庆吉收
昭和十三年十二月十六日

甲府市西竖町九十三番地寿馆寄出
青森县五所川原町旭町中畑庆吉收（明信片）

中畑君：

感谢你为我买的斗篷，这次真的多亏你关照。丰田君去世，想必大家都沉浸在悲痛中。我将他视作父亲般的存在，恨不得立刻能成就一番事业告慰他在天之灵。整夜都在想着他，难过得不得了。

婚礼，石原姑娘、齐藤与我三人商量，看能不能放在正月初八下午，在井伏君的家里举行，最后决定由我跟井伏君说这件事情。婚礼非常简单，参加的人只有我、新娘、新娘的妈妈、齐藤夫人，再就是请中畑君一定列席，井伏君做婚礼致辞，主持合卺酒仪式，我想让大家亲眼见证这个仪式。本想着十二月份会过得好一些，结果没承想，什么好事都没有发生，石原全家出动，在改制旧和服，缝制被褥，我内疚得不得了，却有心无力毫无办法。我会努力的，结婚后，应该会拨开云雾见月明，事业会有起色。

51 井伏鳟二收
昭和十三年十二月十六日

甲府市西竖町九十三番地寿馆寄出
东京市杉并区清水町二十四番地井伏鳟二收

拜启

　　好久不见，上次见面后，您都好吧。实际上，我计划去您东京荻洼的家里拜访，准备把和石原及齐藤君商定的结果告诉您，而且有件事情想拜托您，听说您在旅行，所以我中止了计划。结婚仪式定在了正月初八，正好当天齐藤夫人有事要到东京，所以正好也能出席，这也是我们大家所愿。我这边会和新娘、新娘的母亲去井伏君家，中畑君、齐藤夫人列席，井伏君为婚礼致辞，主持合卺酒，礼成，我和石原姑娘怀着感恩的心，诚心诚意结为夫妻，请井伏君成全。

　　请一定一定答应。七日的样子，我会早一步到达荻洼，为八日做准备。井伏君不用准备什么，七日到达后，我就开始着手准备八日的事情，搞不定的时候，还请井伏君搭把手，这样就足够了。石原姑娘也说：“即使有再多的钱也没有意义，能由井伏君来主持婚礼才算最完满。在甲府举行仪式的话，还得通知其他亲戚，反倒把事情搞大了，没有必要，为了结婚让你到处借钱，也没有意义。"齐藤也说能把婚礼托付给井伏君这样最好。说是结婚仪式，其实就是井伏君致辞，以及主持合卺酒仪式，接下来不会有宴席什么的，也就一个小时的样子。

之前寄给《文艺》的稿子[1]，编辑桔梗五郎给我寄了一封明信片，有可能会被刊用，给了我微弱的希望，心想要是有稿费就好了，本想着能否在正月左右刊登，结果最后没能如愿，没了出路。想着给《若草》投一篇短篇小说，怎么也能有二十元的收入，可是不幸的是，杂志社发来电报，说二月号写一篇五页的小故事即可，很是受挫。没有办法，写了五页的小故事[2]寄了过去，只有五日元稿费。《文体》[3]二十页的约稿，二十日交稿，但是年内不太可能拿到稿酬了，而且也不指望《文体》的稿酬，所以打算先写篇好一点的短篇寄过去。艺术至上。手头的长篇小说，已经写了上百页，遇到了很多难关，在一点点克服往前推进。预计明年三月能够完成。应该会是篇不错的小说，如果出了书，还请您过目。

结婚仪式结束后，我和石原姑娘就回甲府，在甲府租个房子先安顿下来，等我的工作有了眉目，多少挣点钱后再搬家，先在便宜的地方住两三个月，就我们两个人住。之前大家也建议去住山里的温泉，但是两个人就要九十日元，经济上还是有些吃不消，这九十日元应该怎么花到刀刃上，又不想美知子觉得无聊，和大家商量后决定，在甲府郊外租一个小房子，从正月开始住两三个月即可。齐藤君家附近有房子空着，住着很多租住户，租金十日元左右，想着就先把那里租下来。努力工作两三个月，我应该会转运吧，等赚了钱，计划在东京近郊完全安顿下来。

这个月，我囊中羞涩，生活费本就拮据，现在去东京上杂志社奔走也不会有什么好结果，原本信誓旦旦地说结婚的事情我一个人承担，却不想稿费落空，穷得一塌糊涂。井伏君有什么好法子可以解了这个困境吗？ 我为我的无能感到羞耻。总不能跟石原开口，即便如此，她也已经做了很多，棉衣、坐垫、平时的和服外套，都是她准备的，我很痛苦。

关于彩礼，石原说："我不想要津岛你从生活费里省出来的钱，如果你的哥哥肯接济，那我就收下，当作今后和津岛两人的生活费。"我想包个五日元或者十日元作为彩礼，但是这样的话反而让两个人陷入窘境，我不想这样。彩礼，我拿不出来，还请原谅！ 石原姑娘和齐藤都知道我的情况。

井伏君能不能帮我跟中畑说一说，用不了三十日元。结婚仪式的酒、大家回去的车票，如果结婚后租房子还需要买点锅碗瓢盆，也就这些。

借钱的事情让您闹心了，我也很苦恼，反复思量，实在汗颜，还请明察。

我是个笨蛋。我自私自利地认为或许中畑会跟我母亲说我结婚的事情，兴许还能贴补我一些，我也就能在石原面前有些面子，这事应该是没有希望了。彩礼，不是形式，能不能帮帮我？我努力写小说，只要能够卖出一篇就不会这么苦了，当初要是没这么想就好了。我没有儿戏，拼命工作，也很注意言行，为了这次结婚，毫不夸张地说是东奔西走，齐藤家、石原家到处积极奔走，也给很多人写了信，依然没有进展，但是新娘是个好人，这已经很幸福了。

齐藤君有些担心："津岛你说简单再简单，我也不想搞得复杂，但是会不会让别人认为，英之助娶我女儿的时候办得很好，到津岛结婚的时候就主张节俭节俭再节俭，这样恐怕不好。"齐藤夫人也叮嘱我，跟井伏君也要说没有一切从简的打算。我也想操办的和英之助结婚时一样，如果可能的话，最好能一样，可是再怎么想，我也没有这个能力。

一切从简的话，石原姑娘也会觉得失落吧。我还是想尽我所能为她做点什么，但是却无能为力。

如果您有良策，请不吝赐教。如果您也觉得太奢侈，不应该，那我也就作罢。

今天的我满腹牢骚，很没出息，请您批评我吧。这两三天，真的很苦恼。

修治

致井伏

注

（1）应该是指《懒惰的歌多留》。

（2）《I can speak》（《若草》昭和十四年二月号）

（3）当时北原武夫、宇野千代两人发行的文艺杂谈。

52 井伏鳟二收
昭和十三年十二月二十五日

甲府市西竖町九十三番地寿馆寄出
东京市杉并区清水町二十四番地井伏鳟二收

谨启

今日您的大恩大德我没齿难忘，也更加坚定了我努力奋进的决心。

十分感谢。

报纸的运势说，今日我"心花怒放，万事皆顺，家有喜事"。

说美知子是"土中掘金的运势"。

今天是我们两个一生中最幸运的一天。

今天齐藤夫人把彩礼送给了石原。事情如此顺利，一切都拜井伏君一家人所赐。无法表达对您的谢意，我会好好做人，做个像样的男人。

感激涕零的一天。

修治

致井伏君

十二月二十五日

注

这一年，太宰治只发表了《姥舍》和《满愿》（砂子屋书房发行，《文笔》昭和十三年九月号）两篇小说。全部是在去甲州之前执笔的。

反映太宰治在御坂岭期间生活情形的作品有《富岳百景》、随笔《关于富士》（《国民新闻》昭和十三年十月）、《九月十月十一月》等。

昭和二十八年十月三十一日，当地人在御坂岭建了一座太宰治纪念碑。碑文摘自《富岳百景》，由井伏鳟二撰定，内容为"富士山和月见草最为相宜"中的一节，笔迹是从太宰治本人原稿中拓出来的扩大版。

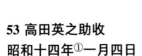

53 高田英之助收
昭和十四年①一月四日

甲府市西竖町九十三番地寿馆寄出

东京府大岛元村柳川馆本馆高田英之助收（明信片）

我不知道你在大岛。我还沉浸在十二月三十一日与你相见的喜悦中。请保重身体。

须美子情绪低沉，每天都一副郁郁寡欢的样子，我有些看不下去了。这是我一人的想法，我恳请你，如果还要在大岛住下去的话，请叫上须美子，即使住一两天也好。如果你同意，就请告诉我，我去齐藤家和他们谈判，让他们准许须美子去你那里，总之，这是我的想法。

我的结婚仪式于八日在井伏君家里举行，来参加的有六人，打算简简单单用鱿鱼干做下酒菜，井伏君是救赎我的神。回到甲府后，我会租一个五六日元的小房子，妻子甘愿和我一起过穷日子。

我相信，一切都会过去的。勇敢一些，请保重自己。

---

①　1939 年。

54 山岸外史收
昭和十四年一月五日

甲府市西竖町九十三番地寿馆寄出
东京市本乡区马驹込坂下町十二番地椿庄山岸外史收（明信片）

感谢寄来明信片，前几日你能大驾光临我很开心。石原一家人也称赞说，山岸这个人很好，我也感觉很有面子。现在身边有很多杂事需要处理，忙忙碌碌，每天忙得不可开交。再有个四五天，应该就会安顿下来了。那时我再跟你联系，今天就此搁笔。

注

昭和十四年一月八日，在清水町井伏鳟二家里，太宰治与石原美知子举行结婚典礼。太宰治的《归去来》中这样记录这一天的情形。

三十岁的正月，我与现在的妻子举行结婚仪式，那时一切多亏中畑和北芳四郎的照拂。那时的我身无分文。彩礼的二十日元，是从一个前辈那里借来的。举办仪式的钱自己怎么都凑不出来。当时我租住在甲府一处小房子里，结婚当天，我就穿着平时的衣服去了东京前辈的家里。在前辈家里见到了新娘，在前辈的主持下喝了合卺酒，然后就带着妻子回到了甲府。中畑、北君，那天以我亲属的身份出席。当天，我一大早从甲府出发，中午到达前辈家中，就那么穿着平时穿的衣服，没有梳头发，也没穿结婚时应该穿的和服裤子，仅仅也就算是穿了件衣服而已，口袋里没有一分钱。前辈在书房里静静地工作。（这里说的前辈，其实是某老师。某老师不喜欢自己的名字出现在小说或者随笔里，所以特意使用前辈这个失礼的称呼。）好像忘记了结婚仪式的事情，他一边收拾着稿子，一边跟我侃侃而谈他家院子里的树木，然后好像突然想起来了说："有和服。中畑君送来的。是件不错的和服呢。"

一件叠得整整齐齐的黑色羽二重和服礼服，还有一件和服裤裙，另外还有一件叠好的丝绸条纹和服，我完全没想到，惊得目瞪口呆。原本打算在前辈的主持下喝了合卺酒，然后就带着新娘回去。不久，中畑君和北君笑着进门了，中畑穿着国民服①，北芳四郎穿着晨礼服。

"开始吧，开始吧。"中畑君性急地说。

那天的饭菜，跟真正的宴会一样，也有鲷鱼什么的，我穿了和服礼服，也照了照片留念。

"修治，你来一下。"中畑君把我叫到了隔壁房间，北君也在那里。

"今天恭喜你了。"

"今天的粗茶淡饭，有些失礼，这是我和北君准备的，还请接受。我们的上一辈就受到你们家不少关照，想借着这个机会多少回报一些。"

中畑君认真地说。

我难以忘怀。

"都是中畑君辛苦张罗的。"北君总是把功劳让给中畑君，"这次的和服和裤裙，是中畑君在你家亲戚之间到处奔走，用凑来的钱买的，你要好好珍惜呀。"

那天，到了晚上我才带着新娘从新宿出发坐车回家，那时

---

① 类似军装的服装，1940 年，日本颁布实施了《国民服令》，要求所有男性必须穿着与日本陆军军服相似的"国民服"，取代此前日本男人普遍穿着的西服与和服。

候，毫不开玩笑地说，口袋里只有两日元。钱这个东西，没有的时候，就什么事情都办不了。万一有个什么，我就打算要回一半的彩礼。十日元，够买回甲府的车票了。

离开前辈家的时候，我对北君小声说了句："可以要回一半彩礼的吧。"

"原本还对你有所期待！"

北君生气了。

"你在说什么胡话！ 大家对你有所期待，你可不能这么做。你怎么会这么想。正因为信任你，所以不可以。你这不是没有半点改变吗？ 怎么可以说那样的话？"

说完后，小北从自己的钱包里嗖嗖地抽出几张纸币，悄悄塞到我手里。

然而在新宿打算买车票的时候发现，新娘的姐姐夫妇已经给我们买好了车票（二等车票），并没有要我们的钱。

月台上，我想把钱还给小北，小北却摆着手说："践行礼，这是践行礼。"

真是个好人。

55 井伏鳟二收
昭和十四年一月十日

甲府市御崎町五十六番地^{（1）} 寄出
东京市杉并区清水町二十四番地井伏鳟二收

谨启

　　匆匆一叙便不得不归，见面后我还得返回甲府，有点失落。

　　我会成为一个好作家，定不辱您的威名，奋进努力。

　　经历了一些痛苦。

　　但是托您的福都过去了。愚蠢如我，明白了井伏君一家人的良苦用心。真实地感受到"感奋"一词的含义，切实感受着肉体上的痛苦。

　　努力工作。

　　不能儿戏。

　　多活几年，让世人觉得我是个优秀的男人，为此不断隐忍努力。

　　这不是巧言令色。

　　我已经被苦难折磨了十年，接下来想努力活得开心一些。

　　最近，开始对艺术产生了坚定不移的信仰。

我很好。

也有保重自己的身体。

这次的事情不胜感激。

请您拭目以待。

除此之外别无他法报答您的恩情。

我们一定会幸福地生活下去。

谢谢您。

思前想后，所有事情都是多亏了您。总之，我会努力，除此以外无以为报。语无伦次，让您看得云里雾里，还请您明白我的真心。

津岛修治

致井伏鳟二

请您赏光到我六日元五十钱租来的小房子来聚聚，现在只有我们两个人开心的生活。请一定赏光。

注

（1）关于新居，太宰治在随笔《当选之日》（《国民新闻》昭和十四年五月号）中如此记载：

幸运的是，我在甲府老丈人家附近，花了六日元五十钱，租到了一个八叠、三叠、一叠的小套间。已经很满意了，比住在山里还省钱，我们给房间里买了炭炉、扫帚、水桶等生活用品。这里也不要押金。房子处于甲府郊外，坐在家里就可以从窗户看到富士山。有葡萄架、栅栏门，最重要的是便宜，只要六日元五十钱，这是最开心的。隐隐约约能听到火车的声音，晚上八点以后周围一片沉静。"挺好的对吧，我们不应该被寂寞打败，这是我们最应该牢记的。"我一改平时的口气，这样跟妻子说。然而，我自己似乎要被这寂寞打败了，心里发虚。

56 中畑庆吉收
昭和十四年一月十日

甲府市御崎町五十六番地寄出
青森县五所川原町旭町中畑庆吉收

中畑君谨启

这次的事情，不知道该说什么了。

全是托你的福。

就算我一个人再有决心，因为无能，所以再怎么挣扎都不可能站起来。

这次，因为大家的关爱，让我向重生迈出了一步，以后，我一定好好做人。

请相信我。

方便的话，请给我母亲带个好。

真的很感谢。

感激之情言之不尽。

请拭目以待。

我不是不懂报恩的男人。

我是有骨气的男人。

我会保重身体、磨炼技能，让你看到我出人头地。

也请带我问候您夫人好。

今天满腹感激，内容显得语无伦次。

我的诚意，希望你能感受得到。

修治

致中畑

以及夫人

57 高田英之助收
昭和十四年一月十一日

甲府市御崎町五十六番地寄出

东京府大岛元村柳川馆本馆高田英之助收（明信片）

小英：

　　感谢你的贺电。八日我回到甲府，不久就搬到了不算宽敞的新居。忙了两三天别的事情，没顾上及时给你消息，这几天还会给你写信。须美子最近挺好的。

58 井伏鳟二收
昭和十四年一月（具体日期不详）

甲府市御崎町五十六番地寄出
东京市杉并区清水町二十四番地井伏鳟二收

　　八日当天，被大家那般关照，我恍恍惚惚的没能跟大家好好致谢，能否请您到甲府一聚让我好好感谢您一番。我的小家，收拾得差不多了，没有什么家伙什儿，但是好歹做得出香喷喷的饭菜。

　　和石原家里商量着，双方各出十日元，由岳母和我两人去齐藤君家里，正式感谢一下，也就是个心意。十日元的话我还拿得出来，原本说两三日后就去。今天我和美知子去齐藤家里先行拜谢，回来的路上顺道回了趟石原家。岳母却提议，送给齐藤的东西，还是和井伏君商量一下，也不知道对老家的中畑君和北君会不会不礼貌（我判断，因为礼金微薄，是想确认一下会不会丢了老家的中畑君和北君以及井伏君的脸），"这件事情先问过井伏君，如果他说没关系的话再一起去齐藤家，这样更稳妥一些，津岛你先问问井伏君"。岳母觉得我不那么机灵，能力有限，她一个人想来想去难以决断，就开始顾忌这顾忌那。井伏君您要觉得可以的话，随后我就和岳母两人去齐藤家，感谢他一直以来的各种照顾，并呈上小小心意。请您给点意见。按照我们的想法来可以吗？ 要是可以的话，我们便立即前往。

我会珍惜美知子。让您费心了，一切多亏有您，我会振作。

修治　拜

致井伏君

请代我问夫人以及您夫人的姐姐好。找个时间，我们正式登门跟井伏君致谢。

59 中畑庆吉收
昭和十四年一月十七日

甲府市御崎町五十六番地寄出
青森县五所川原町旭町中畑庆吉收

拜启

来信已读，非常感谢。

婚礼晚上你说的那番话我铭刻于心不敢忘怀。

我努力奋斗，能否成功要看上天安排，但是现在我身体康健，先拼命奋斗试试看。

恨不能现在就与家里的母亲以及其他人冰释前嫌。

今天是十六日，我和岳母去了媒人齐藤家正式拜谢。

我和石原家各出了十日元，凑了二十日元，还带有折扇和点心，作为小小心意送了过去。

原本应该重礼答谢，但是这已经是从嘴里省下的钱，也无处可借，于是就和石原商量各出十日元包个礼包，写上岳母和我的名字送过去。

这样，大概就可以表达我的谢意了吧。

多亏了你，我办了一场意想不到的气派婚礼，我也有了底气。说再多感谢也不够。

我下定决心定不负你的期望。

井伏君送了我新被子，已经用上了。

所有的事情，都让你们费心了。

听说三月你要来甲府，我翘首以盼，掰着手指数着日子。

房子虽然便宜，但是也有八叠、三叠、一叠三间房间，采光很好，是不错的房子。

现在可以安心创作，请不要担心。

石原家的事情，我另写了一封信给母亲。

现在，石原家里也就剩下岳母、姐姐富美子、妹妹爱子以及弟弟小明四人了。

三姐歌子，嫁给了东京市板桥区上板桥七-四四零的山田贞一。山田氏是毕业于帝国大学工科的工程师，这次结婚不计前嫌资助了我。

二姐，嫁给了东京帝国大学的讲师小林英夫，前几年留下一个儿子撒手人寰了。所以美知子是四女儿。

另外，倘若尚在人间的话应该和我同年的大儿子左源太，在东京帝国大学医学部上学时病逝了。

大致情况就是这些。

今夜寒气逼人，手指已经冻僵了，字迹潦草了些，可能不太好认，还请将就着看。

美知子也是诚心和我过日子，请放心。

文末，代问夫人安好。

修治　拜

致中畑

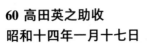

60 高田英之助收
昭和十四年一月十七日

甲府市御崎町五十六番地寄出
东京府大岛元村柳川馆本馆高田英之助收

拜启

　　婚礼已经顺利完成了。我在甲府御崎町齐藤家附近租了个小房子，准备重新开始。

　　齐藤君对我很照顾，昨天齐藤夫人专门来我家，说了很多鼓励我的话。

　　小英，你娶了个好妻子，非常关心你、体谅你、信任你并且爱着你，所以请放宽心，敞开心扉，沉浸在这幸福中就好。须美子最近还不错。你岳母和须美子都说，得空儿会去趟大岛。井伏君也非常赞成，不如等到了二月，天气没那么冷了，到甲州的哪个温泉静养一个月怎么样？ 齐藤夫妇也希望小英能够回甲州。我也希望你能回来。

　　我分到了一些秋刀鱼干和鲹鱼干，我尝了尝，很好吃。咸味刚刚好，实属美味。我舍不得一下子吃完，一点一点慢慢品尝。你给须美子写写信安慰安慰她吧。你也很艰辛吧。请加油振作起来。

61 井伏鳟二收
昭和十四年一月二十四日

甲府市御崎町五十六番地寄出
东京市杉并区清水町二十四番地井伏鳟二收

谨启

感谢汇款[1]。

托您的福，我们过得很好，工作也很顺利。

听说您的亲人身患重病，不知道是哪位，很是担心，祈祷他能够早日康复。

您的批评指正，让我汗颜，对不起。那篇小说[2]里，我是想表达对井伏君的尊敬及谢意，觉得不会伤害到您才去发表的，现在想来，无论如何也不应在小说中使用您的本名，给您徒增烦恼，如此失礼，非常抱歉。是我太愚蠢。

请原谅我。今后，无论什么情况，我都不会再犯这样的错误了。

三月号，我写了那篇小说的续篇[3]，昨天已经寄出去了，里面还是用到了井伏君的名号。今天，我已经给文体社发了电报，请求他们进行更改。我向他们反复声明必须修改，我想十之八九应该会改过来，但是世事难料，万一，仅仅是万一，我担心哪里出了差错，没能改过来可如何是好？ 应该不会出岔子的。

文章的后半部分写了"承蒙井伏鳟二氏照顾"以及"在井伏君的家里进行"这两处，无意间用了您的名讳，二十三日，周一早上寄给了文体社。

今日接到您的电报，立即告知文体社进行更正。

请您谅解。

我想文体社一定会进行更正的。

此类失误，今后绝不再犯。

竹村书房来电说："详情已知晓，请寄来原稿。"我姑且先着手整理原稿。打算一周之内寄过去[4]。

今日之信，感谢、道歉、慰问，内容乱七八糟，请见谅。

祝病人早日康复。

　　　　　　　　　　　　　　　　　　太宰治

　　　　　　　　　　　　　　　　　　致井伏君

　　　　　　　　　　　　　　　　　　一月二十四日

注

（1）从老家寄来的生活费。

（2）《富岳百景》。

（3）《富岳百景》于本年度，分两次在《文体》的二月号和三月号上刊登。

（4）指昭和十四年五月，由竹村书房出版的新作《关于爱和美》。

井伏鳟二的《太宰治集》的解说中引用了美知子夫人的一段手记，内容如下：

《富岳百景》的前半部分二十页的内容，已经于前一年末完成，刊登在《文体》二月号上。寄来的杂志，我们在御崎町的新居安定下来后，两人立刻读了起来。

《富岳百景》开头《富士的顶角》这一部分，直接盗用了我父亲石原初太郎作品中的段落，我很吃惊。太宰治说："爸爸应该不会说什么。"随后，听广播上又有友人声称盗用了他的内容，太宰觉得很有趣，还说要写一篇随笔，但是一直未动笔。

作品中有这么一句："井伏君，在浓雾深处，坐在一处岩石上，慢悠悠地抽着烟，放了个屁。"就是这一句引起了当事人的不满，提出了抗议。治说："我亲耳听到。"如果这是太宰捏造出来的，那就十分抱歉了。

搬到御崎町，首先动笔的就是《续富岳百景》。"我口述，你帮我写，算是帮我个大忙。"于是我坐在桌前开始动笔。我永远不会忘记，是从"特意选了月见草，是因为……"这一节开始的，几乎要跟不上他口述的速度，我奋笔疾书。平时看他没个正经样子，但是工作起来完全变了一个人一般，让人难以置信。写到"用洞里冰冷的地下水拍在脸上、脖子上……"这里，他说："好了，接下来我自己写。"停止了口述。可接下来，他又开始口述："回到甲府……"，于是我写到了最后。

62 高崎英雄⁽¹⁾ 收
昭和十四年一月三十日

甲府市御崎町五十六番地寄出
东京市杉并区天沼一丁目一百三十四番地高崎英雄收

拜启

今天收到你的信，真是太开心了。

没来由的好心情，我一反常态起了个大早，吹起了口哨。

平时都叫妻子美知子，今天叫了声"小美"，有点害臊。

"亲爱的老婆，你可不要感冒了。"

"是不是太宠我了？"

你可以试一下，这种时候比起收敛，越发宠溺反而能治好感冒。

我妻子风风火火地努力劳动，非常健康。

今年取得了一些瞩目的成绩，希望和高崎家友谊长存。

礼轻情意重，真心祝愿你。

找个机会喝几杯。

太宰治

致高崎英雄雅兄

一月三十日

注

（1）伊马鹈平（春部）①。

_____

① 伊马鹈平，即伊马春部（1908—1984）。日本作家，剧作家。本名高崎英雄，伊马鹈平是旧笔名。

63 高田英之助收
昭和十四年一月三十日

甲府市御崎町五十六番地寄出
东京府大岛元村柳川馆本馆高田英之助收

你的来信，我反复读了好几遍。当前最重要的是，不要在意世俗评论，你和须美子之间情比金坚，接下来一边专心工作一边静养才是正道。

之后那些糟心的事情，你大可不必介怀。

这是我的想法，但话说回来，即便是把你哥哥和其他亲戚的想法先抛在脑后，那首要的，还是应该听听你们报社阿部[1]和阿部夫人的意见。亲人永远是最懂你的，虽然有些郁闷，但是只要在报社不失态（你和我不一样，也断然不会失态），最后还是会冰释前嫌。你必须相信，血浓于水，不是吗？

从你的工作环境来看（周围的情形来看），还是待在大岛不要乱动安心静养为好。和阿部夫妇搞好关系的话，住在大岛是上上策。暂时韬光养晦。

即使你哥哥生气，也不会生阿部夫妇的气，要为你将来的得失考虑。请相信我这绝不是卑微。越是有所作为的男人，越是明白做事情需要一步一步来，不是吗？ 我就是不考虑后果胡乱折腾，最后吃了不少亏。前车之鉴，请引以为戒。

　　阿部先生的太太说要带着须美子一起去大岛，我觉得很好，是个绝好的机会，我向须美子强烈建议一定要去。

　　阿部先生的夫人特意这么说了，他体恤须美子说要带她一起去，若是拒绝说"不用了，我要静修百日，兄长这样吩咐的"这样既对不起阿部先生的夫人，我觉得也对不起你自己。被兄长骂又有什么关系，还是让阿部夫人带着须美子一同前往更好。

　　这是二十一二日的事情。之后我再未去过齐藤先生家，不知道具体情况，今天看到你的来信才知道须美子病了。

　　今天晚上我就去探望，顺便跟齐藤夫人、须美子说说具体情况，你的处境以及你的意愿，说的时候绝不会伤及你的颜面。具体结果随后写信给你。很苦恼吧。我能感觉得到。之前我也很痛苦，但现在已经麻木了。你也要麻木一些。

注

（1）指阿部真之助。

64 井伏鳟二收
昭和十四年二月四日

甲府市御崎町五十六番地寄出
东京市杉并区清水町二十四番地井伏鳟二收

  杂志社丢失了我上百页的原稿[1]，现在正在到处寻找，责任人写信给我诚心道歉，我想就这样算了吧。

  灾难总是不期而至，如果我将此事声张出去，责任人恐怕很难立足，所以就此打住吧。还请井伏君帮我保密，也不是谁的错。责任人日夜煎熬，甚至报了警，可想而知多么绝望。

  我安慰责任人："人都会犯错，千万不要过于纠结。"也将我已不再追究的想法告诉了他。

  只是很对不起竹村书房。竹村书房发来电报说："事情已悉知，请速寄来原稿。"我也回了封信，清清楚楚约定说："那就说好了，一周内准备好原稿寄过去。"手头的一百五十页原稿很快就能准备好，剩下的一百页却迟迟不见杂志社寄过来，正在纳闷，不想发生了上面说的事情。

  一百页，现在立刻动手写不太现实，只能试着跟竹村写封信，看能不能再等两个月。

  听了井伏君的劝，好不容易铆足了劲潜心创作，却发生了这样的事情……但是也许这是冥冥之中神的旨意，告诉我应该忘掉旧稿的事情，准备好笔墨重写新稿，拿起笔来，继续写作。

满篇都是我自己的私事，实在抱歉。

您兄长的事情，想必您很难过。

诚心祝愿大家身体康健。

我现在有了租住之处，一切都已经安顿妥当，倘若方便的话，拜托您这两三个月先把我的桌子、行李等乱七八糟的东西放到杂物间里好吗？另外，生活费，由家里直接寄给我就不用给您添麻烦了，这样最好不过，是不是家里还是信不过我，不肯直接寄给我呢？ 应该很难实现吧。每次都给您添麻烦，让您费心了，直接把生活费寄给我应该难以实现。三月份中畑君要来甲府，那个时候我再去问问，还请您再费心一段时间，先照旧由您把生活费转交给我。

英之助二十八日到甲府接须美子，这样就各方圆满了。齐藤夫人心情转好，这件事情是最让人开心的。小英和齐藤家之间，我也起到了一点作用，能帮上一点点忙我很开心。

我很健康，好像胖了些。《文体》的稿子，编辑部和北原武夫都回信说："需要改动的地方，一定修改，请放心。"我也就放心了。

二月号上的文章，实在失礼了。再次由衷地表示歉意。

请代我问候夫人，请她不要过于悲伤，祝一切安好。

月末的挂号信，昨晚已经收到。

春回大地，谨祝身体康健。

修治　拜

致井伏鳟二

注

（1）丢失的原稿最后没能找到。也不知道是哪家杂志社，太宰治没有将这件事情告诉别人。听美知子说，太宰治并没有为此太过烦恼。丢失的稿件，随后补写了，并于三月下旬将写好的《关于爱和美》的原稿寄给了竹村书房，五月发表。

65 高田英之助收
昭和十四年二月四日

甲府市御崎町五十六番地寄出
东京府大岛元村柳川馆本馆高田英之助收

拜启

　　方才太开心了，赶紧给你发了电报。齐藤家欣然接受了你的请求，须美子也是好久未有的欢欣雀跃。接到你明确的答复，我即刻飞奔到齐藤家，将高田君的诚意、思慕之情尽数表达。

　　你岳母最近心情很好，她说："十八日无论如何都要让小英过来，不知道晒黑了没有，胖了没有？"依我来看，你岳母应该不是为你的生计及其他琐事发愁，只是担心你的健康，以及将来，还有掌上明珠的好夫婿今后的去留，这些是她担心的事情。

　　十八日，一定一定（不管别人说什么）放下一切来趟甲府。拜托了（也是我的请求）。千万不要变卦，否则不会原谅你。

　　来了甲府不要着急回去，不如在甲府待上一两日稍作休整，也是为了你的身体着想。另外，根据我得到的情报，其实私底下齐藤家也希望你待上一两日，顺便见两三位近亲。齐藤先生觉得大家都不是外向的人，不会强迫你，希望一切顺其自然，想着这次既然你要回甲府，到时候就是顺便的事情（否则下次你们夫妻二人来甲府，还得买礼物什么的不是更麻烦？），不如借着这次机会先认识两三位亲戚。他们有这个想法，但是顾虑你的感受不好说出口。一直以来，你让须美子承受寂寞，就当作惩罚（虽说也不是你的错，而且你比须美子承受着更多的寂寞）。那句话说得好，投桃报李，不是吗？ 如果可以的话，你跟部长说明事由，争取在甲府待个一两日，如此一来齐藤家脸上也有光，尽量十八、十九、二十日这几天回来然后再回京如何？总之先跟你的部长商量一下。

没有别的什么事情了。只要能在甲府多待几日，对齐藤家来说就已经很有脸面了，你的付出，大家都知晓。今后只要你保重身体、认真工作就好（也要和须美子之间相亲相爱，这就不用说了）。

十八日，一定一定要回来。（十八日，不用专门来我家，见了也不能喝酒，就别来了，我们在齐藤家聚一个小时吧，切记。）

"如果有什么要帮忙的直接说。"这是齐藤夫人让我私下转给你的话。你不好意思直接告诉夫人的话，跟我说也可以。夫人什么都明白。

　　说了很多僭越的话，但是如果没有这么一个乱来的人，事情会越来越复杂，所以说了这些不合身份不合时宜的话。但是请相信都是为了你好。

　　说得不对的地方还请见谅。十八日，记得回来。

66 高田英之助收
昭和十四年二月八日

甲府市御崎町五十六番地寄出
东京府大岛元村柳川馆本馆高田英之助收（明信片）

　　早上收到你的明信片，我终于放心了。另外，你要好好保重身体，尽早退烧。跟你说了很多失礼或是多管闲事的话，心里觉得很不好意思，但是倘若能够起到一点点作用我也就安心了，就让我说些不该说的话吧。只要你和须美子两个人能够幸福地生活下去，我就会很开心。

67 高田英之助收
昭和十四年二月二十一日

甲府市御崎町五十六番地寄出
东京府大岛元村柳川馆本馆高田英之助收

拜启

　　不用担心，以后我不会再絮絮叨叨了，请不要担心。

　　十八日，你上甲府露个脸，仅仅是跟齐藤家严厉的父亲见个面，齐藤家也就全部释然了，应该会爽快地承诺让须美子待到秋天，这样你也可以放心回大岛一心静养了。我劝过你尽量十八日回趟甲府，哪怕只是露个脸，然而好像还是不能顺利实现，虽然觉得非常遗憾，但是身体第一，前程为重，这些是当然的，我已经不纠结了。

　　十八日早上，齐藤先生、须美子和我三人去了井伏君家。我和须美子两人去向甘粕君询问你的情况，不想你已经出发了，真是遗憾。十八日，我们在井伏君家住了一晚，十九日，我一个人回到了甲府。

　　最近工作特别忙，每天不写十页左右就无法给出版社交稿，虽然知道身体吃不消，但还是逞强坚持写着。

给你的信字迹如此潦草还请见谅。二十五日有篇稿子就结束了，到时候再跟你畅聊。勿念。

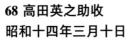

68 高田英之助收
昭和十四年三月十日

甲府市御崎町五十六番地发出

东京府大岛元村柳川馆本馆高田英之助收（明信片）

　　来信今日已收到。看了以后感动不已忍不住泪眼婆娑。正如你所言，世间皆是苦难。如今的我，也是每日疲惫不堪却寻不到出路。

　　请再忍耐忍耐，尽快恢复。多看看明信片背面源义经卧薪尝胆的图画。

69 中畑庆吉收
昭和十四年三月十日

甲府市御崎町五十六番地寄出
青森县五所川原町旭町中畑庆吉收

拜启

　　昨夜不远千里专程赶来，您的深情厚谊，让我感激涕零，您辛苦了。

　　招待不周，我很惭愧。

　　他日我定当回报您的恩情，哪怕是万分之一，唯愿如此。

　　请代我向夫人及家人问好。

　　贱内也很感激您的到来，没能好好招待您，她也很内疚，还请见谅。

　　敬上

修治

致中畑庆吉

三月十日

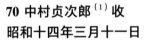

70 中村贞次郎⁽¹⁾收
昭和十四年三月十一日

甲府市御崎町五十六番地寄出
青森县东津轻郡蟹田村中村贞次郎收

拜启

　　久疏问候。最近，我的工作在一点点往前推进。四月号的《文艺》⁽²⁾和《文学界》⁽³⁾各发表了一篇拙作。写得不好，让大家见笑了。四月份创作完成的短篇集将在竹村书房出版。收集了所有尚未发表的短篇小说，大致二百五十页，一次性结集出版。我想把它做好。出版了一定寄给你。感谢你的螃蟹⁽⁴⁾，非常期待的美味。

　　新学期，学校一定很忙吧。请你满怀自信，爱岗敬业，带着职业自豪感致力于儿童教育。随后，再联系。

　　（昨天，井伏君在寒舍住了一晚，聊到了你的一些事情，勾起了对你的思念之情。）

┌┈┈┈┐
┊ 注 ┊
└┈┈┈┘

（1）青森中学时的同学，家住蟹田町，现在是公民馆的馆长。长篇小说《津轻》中写到昭和十九年春天，和中村一起去津轻旅游。

（2）《懒惰的歌留多》。

（3）《女生徒》。美知子夫人在回忆录《从御崎町到三鹰》（八云版《太宰治全集》附录第四号）中提到了这部作品，内容如下：

　　我记得是昭和十四年一月末，从甲府家里去东京的太宰治，带回来了一本笔记，是伊东屋的大开本。笔记本的主人是叫作 A. S 的不知名读者，也许是太宰治在甲州期间，寄到了原来在荻洼租住的地方，他在那里住到了前年夏天。根据这本笔记，太宰写出了八十页的《女生徒》。S 的笔记，里面是从四月三十日到八月八日的日记，太宰治在日记上画满了圈，在封皮里面密密麻麻写满了字。《女生徒》这个名字，取自经常放在桌边的雷翁·弗拉皮埃岩波的文库本的小说《女生徒》，《女生徒》、阿尔弗雷德·德·缪塞的《Margo. Mimi Pinson》、普希金的《奥涅金》等岩波文库本，太宰治非常喜欢，还经常推荐给别人，那时经常买来送人，然后自己又买。

（4）螃蟹是太宰治非常喜欢的美味。

71 龟井胜一郎收
昭和十四年四月二十日

甲府市御崎町五十六番地寄出
东京府下武藏野町吉祥寺二七六—龟井胜一郎收

拜启

　　您的大作⁽¹⁾，今日已经收到，非常感谢赠书。

　　由衷地说声谢谢。你我之间的情谊犹如兄弟。

　　如今，我已学会自重，自知才疏学浅，一切还需从头学起。

　　再过两三年，应该能够写出点像样的东西吧。

　　现在，我在努力重新站起来。

　　寡欲、睿智、意志，这三样，多少还是有些道理。

　　打算试着长久地坚持做下去。

　　想要成为兄长和善、诚实的朋友。

太宰治

致龟井胜一郎

四月二十日

（1）《东洋之爱》，昭和十四年四月，竹村书房发行。

72 高田英之助收
昭和十四年四月二十一日

甲府市御崎町五十六番地寄出
东京府大岛泉津村森口馆高田英之助收（明信片）

拜启

　　久疏问候。这次你从元村搬到了泉津村，看到你一切都好，这比任何事情都值得开心。是不是这暖洋洋的天气反倒对你的身体不太好呢？　你可一定要多注意，尽早好起来。《文艺》的事情，对我来说颜面全无，应该面壁思过，除此之外的事情，你身体不好，就不要太操心了。改天我去看你。最近忙得不可开交，几乎不能喘息。

　　井伏君，好像去四国旅游了。

73 山岸外史收
昭和十四年五月四日

甲府市御崎町五十六番地寄出
东京市本乡区驹込坂下町十二番地椿庄山岸外史收（明信片）

谨启

　　久疏问候，还请见谅。这个月末或是下个月末，我打算搬离甲府，住到离东京近一点的地方。希望那个时候，我们还可以两人一起在乡间散步，听取兄台宝贵的意见。

　　没有人和我聊天，最近可能变得有些迟钝了。但是我已经不想唯唯诺诺犹豫不前了。谦让，所谓真正意义的谦让，我明白了一些。终于明白了。自己能力有限。我，还不行。每天努力创作，但是净是些不像样的作品，所以发自内心还想再多活十年。兄台你说过的话，如今我终于明白了。长久以来自己的傲慢，让我羞愧难当。《文笔》六月号[1]，关于兄台的新作我写了一点文字，冒犯之处还请海涵。

注

（1）并非六月而是七月。关于山岸外史的《人间基督记》及山崎刚平的随笔集《水乡记》，写了一篇名为《人间基督记及其他》（收录于《思考的芦苇》）的读后感。

74 中畑庆吉收
昭和十四年五月二十六日

甲府市御崎町五十六番地寄出
青森县五所川原町旭町中畑庆吉收

拜启

　　久疏问候。上次见面后，大家都还好吧。我一切都好，请勿挂念。

　　甲府还是不利于写作，我和井伏君商量后，打算在浅川、八王子、国分寺附近找一处合适的住处搬过去。那边离东京也就一个小时车程，不会有太多人打扰，也比甲府方便，有利于写作。荻洼是最方便的，但是现在没有房子出租。这次的书[1]出版后，能赚二三百日元，我打算用这个钱搬家。

　　对于我的评价一点点好了起来。有机会的话，请帮我给青森金木的朋友们带个好。

　　最近，国民新闻在中坚及新晋三十名作家所写的作品当中进行选拔评比，年龄最小的我竟然是第一名。[2]剪下的报纸随信一同寄去。

　　六月中旬，应该还会有一本题为《女生徒》的短篇小说集出版，由砂子书屋发行。[3]出版后就寄给你。

期待早一天可以自己养活自己。

文末，祝夫人好。

修治拜

致中畑先生

注

（1）刚刚写好的《关于爱与美》。

（2）由国民新闻策划的三十名新晋作家所写的短篇小说比赛中，太宰治的《黄金风景》（《国民新闻》昭和十四年三月）和上林晓的《寒鲋》共同拔得头筹，奖金五十日元。此事在随笔《当选之日》中有提到过。

（3）《女生徒》于该年七月由砂子书屋出版。另外，《女生徒》的装帧，是本书第五十九封给中畑庆吉的信件内容中提到过的、对太宰治而言相当于连襟的山田贞一制作的。

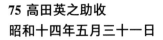

75 高田英之助收
昭和十四年五月三十一日

甲府市御崎町五十六番地寄出
东京府大岛泉津村森口馆高田英之助收

拜启

　　早上看到你对拙作的感想，字里行间感受到你的深情厚意，非常感谢。你身体健康才是我最大的欣慰。到了秋天，话说，也没多久，你的隐忍应该就会有所回报了。

　　我们预计六月中旬搬离甲府。东京市内找不到房子，所以打算在浅川、国分寺附近找找看。那里离东京稍微有些远，坐车得一个多小时，但是也没有那么不方便，所以就将就着吧。

　　前几日，我去了齐藤先生家，有段时间没去了，在他家吃了饭。昨晚，散步去了练兵场，抓了二十几只萤火虫。甲府的萤火虫可真大。

　　最近开始的创作有些艰难，不太顺利。

　　草草收笔，见谅。

76 木山捷平收
昭和十四年七月二十五日

甲府市御崎町五十六番地发出
东京市杉并区高元寺五丁目八百八十二番地木山捷平收

拜启

　　您的大作，早上已经收到，感谢赠书。《抑制之日》这个题目，初次看到的时候有些吃惊，你拼命努力的样子呈现在脑海中。

　　贱内的母亲出身出石，所以经常听她提起出石的风土人情，感觉也是缘分。

　　接下来我会好好看看。

　　我也是木山捷平的读者，我们一起努力。

　　早上收到来信，先行感谢。

　　敬上

太宰治

致木山捷平

七月二十五日

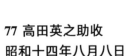

77 高田英之助收
昭和十四年八月八日

甲府市御崎町五十六番地寄出
东京府大岛泉津村森口馆高田英之助收（明信片）

拜启

　　你总是体贴入微、细致周到，把我的作品读得透透的。看着你的信，我几度羞愧到脸红。你总是对我那么好，面对你的深情厚谊我钦佩得不得了。从井伏君和齐藤先生那里得知了你的近况，下次见面前，一定要保重身体啊。我相信你能做到。昨晚，齐藤先生给我践行。这样的聚会，都是多亏了高田君你，大家才有缘聚在一起，更是体会到了你的亲切关怀，想到这些不禁泪目。齐藤一家都很好，说了很多高田君的事情，甚是怀念。听说你在大岛，默默地写日记和短歌，大岛的旭日应该很美吧。（十日左右我就搬家了，搬了后通知你，代贱内向你问好）。书短意长，恕不一一。

78 山岸外史收
昭和十四年八月十日

甲府市御崎町⁽¹⁾五十六番地寄出
东京市本乡区向丘弥生町一番地弥生公寓山岸外史收（明信片）

拜启

我搬家了。听说今年秋天，你的工作取得了不少进展。我也得多加努力了。三鹰的房子没有如期准备妥当，原本房东说十日左右就可以搬了，确切的消息今明两天应该就会知晓。因为与计划相左，所以静不下心来写作，每天也就只是读读书而已。搬家之后即刻给你消息。

祝，东京一切顺心。

草草不一。

注

（1）这一年的一月初到八月底，太宰治一直住在御崎町。在日本战败后执笔的《十五年间》中，太宰治自己回顾这段日子写道："回想整个人生，这段日子虽然艰难但是却也最悠闲。"

《太宰治集》中，井伏鳟二的解说中引用了美知子夫人的一段手记："这段时间，太宰治每日早早便伏案创作直到午后，三点左右去附近的喜久汤泡澡，四点左右吃着豆腐锅开始喝酒。家里少有访客叨扰，也无须为生活忧心。日子每天都很太平，喝多了的话，有时哼着曲子，有时也会无理取闹惹哭我，毫无节制喝到九点，喝到酩酊大醉直接睡过去。"

这期间，太宰治进行了两次小小的旅行。五月，和妻子一起去了上野县的上诹访蓼科温泉游玩。六月，和妻子的亲戚一同前往三岛、修善寺、三保松原游玩。

搬往东京府下三鹰村，是在九月一日。美知子夫人的《从御崎町到三鹰》这篇回忆录中写道："九月一日，我们搬到了三鹰的新家。花二十七八日元能租个更好的房子，但是为了最大限度节省开支以防万一，所以采取保守法，租了一个二十四日元的小房子，三间并排的房子中我挑选了最里面的一间。当时，房间的南边遥对着一片森林，中间隔着的是一片田地，马铃薯的叶子随风舞动，还有红彤彤的辣椒非常美丽。"

79 雨森他麻⁽¹⁾ **收**

昭和十四年十二月十四日

东京府下三鹰村下连雀一百一十三番地寄出

东京市四谷区本村町二十九番地雨森他麻收

拜启

昨日一席话，让我感受到了至亲之爱。姑姑劳心劳力，定会感动神明。请您保重身体，祝家和美满。姑姑现在最应该注意的就是身体。纸短情长，不可名状，万望见谅。

昨晚，感激夹杂着开心，回家后竟辗转反侧难以入眠。

我会认真工作。卓三郎原本就很优秀，无须姑姑担心。他一定会出人头地。

找个好天气，欢迎来三鹰。

问大家好。昨晚的事情先向您道歉，同时表示感谢。

敬上

十二月十四日

致姑姑

让小弥也来玩。

注

（1）太宰治父亲的妹妹。

太宰治写了一篇文章，刚好可以用来解释这封信件，是随笔《最近》中的一段，全文如下：

我有一个在南洋帕劳岛轮船公司上班的表兄。名字说出来大家可能知道是谁，这里就不提了。这个表兄十年前因为一场政治运动被捕入狱，被关了将近十年，最近他获准释放，现在在南洋帕劳轮船公司谋生。前几日他从南洋来信说："东京家里只有我母亲、妹妹和妻子三人孤独留守，麻烦你去看看他们。"我回信说："恐怕我无法接受你的请托，我做了很多愚蠢的事情，家里已经与我断绝了往来，老家那边也完全断了音信。如果我恬不知耻自己上门，这件事情传到老家，恐怕会让母亲和兄长难堪，他们会觉得丢人。我不能见任何人，不能去拜见姑姑。"

表兄寄来回信："来信已阅。亲戚们都很挂念你。往事不要再提，提起往事，那我岂不没有脸见所有人，所以你无须介怀，请一定去我家看看。我母亲身体不好，和你父亲一样恐怕命不久矣。我家里不会跟你家说什么，谁都不会知道，还请放心前往。母亲应该会非常开心。我最近正在读波德莱尔，开始反省悔恨。"

所以，我再磨磨叽叽下去反倒显得过分，于是去拜访了姑姑。

从四谷站下车，黄昏时分，我找到了姑姑家，和她已经有二十年未曾见面了。姑姑已经老了。上一次见表妹的时候还是抱在怀里的一个小孩子，现在已经长大成人了。那天晚上我和姑姑聊了很多。回来的路上思绪万千。为何至亲至爱之间如此悲凉。坐上车后我依旧是想东想西，希望在南洋的表哥一切都好。

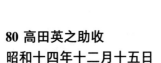

80 高田英之助收
昭和十四年十二月十五日

东京府下三鹰村下连雀一百一十三番地寄出

东京市世田谷区松原町二丁目五百七十四番地武藏野公寓高田英之助收

拜启

　　早上收到来信甚是喜悦。恭喜。你们二人长久以来的精神煎熬，终会感动上天得到回应。

　　请不要在意细枝末节，好好建设你们的家庭。男儿三十而立。请怀着自信徐徐前进。

　　翘首盼桃花，姗姗终盛开。乍闻白桃花，桃花却染红。[1]

　　衷心祝愿一切都好，代问夫人好。

　　云雀啊，请告诉我春装的颜色。

注

（1）《叶樱与魔笛》（《若草》昭和十四年四月号）中，载有这首太宰治自己写的和歌。

81 村上菊一郎收
昭和十四年十二月二十三日

东京府下三鹰村下连雀一百一十三番地寄出

东京市杉并区马桥四丁目四百五十二番地村上菊一郎收（明信片）

谨启

　　大作今日已收到，情深意厚，感谢赠书[1]。我定会仔细品读。有空的时候请来三鹰散散步。

　　武藏野已经是一片枯萎的景象。

　　期盼春来。

　　书不尽意。

注

（1）《波德莱尔全集》第一卷《恶之花》，村上菊一郎译（昭和十四年九月，河出书房刊）。

　　这一年，太宰治发表的作品：《I can speak》、《富岳百景》、《黄金风景》、《女生徒》、《懒惰的歌留多》、《叶樱与魔笛》、《八十八夜》(《新潮》七月号)、《美少女》(《月刊文章》八月号)、《畜犬谈》(《文学者》八月号)、《时髦童子》(《妇人画报》十一月号)、《颓废的抗议》(《文艺世纪》十一月号)、《皮肤和心》(《文学界》十一月号) 等。另有单行本《关于爱和美》和《女生徒》出版。这一年秋天，他的单行本《女生徒》、冈崎义惠的《日本文学的样式》、山岸外史的《人间基督记》共同提名第四届透谷奖，荣获透谷纪念奖。

　　不难看出，在甲州，太宰治重新站了起来。不仅再次觅得佳偶，而且创作上也硕果累累。

82 井伏鳟二收
昭和十五年①二月二日

东京府下三鹰町下连雀一百一十三番地寄出
东京市杉并区清水町二十四番地井伏鳟二收

谨启

听说您的身体已恢复健康，非常开心[1]。我也开始起床练习走路了。伤口还是很大，每日换药三次[2]，虽然非常想去荻洼拜访，但是却一直未能成行。再过一周应该就能自由行走了吧。

邮寄汇款的事情，已经麻烦了先生您三年了，给您添了很多麻烦，心有不安，无奈能力有限，无法取得老家的信任，不但没能实现直接收取生活费，更是没有彻底断绝经济往来的勇气，丑陋的内心，犹豫不决，让您以及夫人为我操心了三年。今天，通过中畑君给兄长写了一封信，信里告诉他，现如今我的稿费平均每月差不多有五十日元，现在每月还收家里九十日元的生活费实在于心不忍，所以请他减少额度。原本想的是，仅凭稿费还是没有独立生活下去的自信，还是会有生病什么的

---

① 1940 年。

情况需要用钱，如果家里能够再接济一年半载的话应该就能缓过来。但其实少于九十日元这个数目也能生活下去，而且必须想办法生活下去，所以我向家里申请减少生活费（并非什么战略战术）。我已经三十二岁了，实在于心不安。首先太不像样子了，今年一定要想办法自给自足。

世事难料，总有不顺心之处，但是我依旧希望自己早一点扬名立万，早一点脱去卑屈的外壳华丽蜕变。除了要求减少生活费，还恳请他能不能将生活费直接寄到三鹰，不久中畑君那边应该就会传来消息，如果生活费寄到了您那里，还请您先行保管。此事实在汗颜。我会踏踏实实去奋斗。能活到今天多亏了您。能走到今天实在不易。一切都是仰仗先生的教诲才有如今的我。小说还欠火候，入不了您的法眼。但是我写了很多，在积极练习着。我忍受不了贫穷，所以平日非常注意，宁死不再借钱，不铺张浪费，勤俭持家。珍惜自己的身体，以回报您的恩情。

岩月君⁽³⁾好像恢复得不错，写信说二月中旬便可出院，终于放下心来。先生的出版纪念会是什么时候呢？ 二月末的话，喝点酒应该胃也没有关系吧？ 还是三月末更好一些吧。三月的话，我腰上的肿包应该就恢复了，好了就去拜访您，那个时候再请您定夺。前几日，新田君来了，和他提到了先生的这个纪念会，他兴奋地说自己也想参加。早上，下吉田的田边君也来信说："新田君信上说了纪念会的事情，我也想参加，还请告知日期，我从下吉田赶过去。"大家都很期待，等您身体完全恢复了，咱们再聚。

昨夜（前一夜）写到这里就睡下了，今天早上（第二天早上）收到了汇款，还是九十日元，心里非常内疚，真心打算减少生活费的。

戒骄戒躁、踏踏实实专心写作。等病好了想去拜访您。请先生多保重身体。

修治　拜

致井伏鳟二

二月二日早

注

（1）这一时期，井伏鳟二被胃病缠身。

（2）太宰治的腰上长了一个肿瘤，《陌生人》（《书物展望》昭和十五年三月号）中有详细描述："今年正月，狼狈不堪。五日刚过，右腰长了一个瘤子，没太当回事结果越长越大。不知道是不是因为十五日喝了些酒，十六日就起不了床了。怕冷、疼痛，连续两三日都无法安眠，我不想手术，所以敷了叫作无二膏的膏药，但是还是不放心，还内服了现在流行的那个含有'二氨基硫酰'的高价药。(后略)"

（3）岩月英男，师从井伏鳟二。

83 山岸外史收
昭和十五年四月五日

东京府下三鹰町下连雀一百一十三番地寄出

东京市本乡区向丘弥生町一番地弥生公寓山岸外史收（明信片）

拜复

　　来信今早已收到，我哥哥还是不放心我。我也在拼命努力，所以请相信我所说的。今后，我会明确自己哪些能做到，哪些做不到。

　　昨天早上，我去了佐藤先生家，是按照约定过去拜访的。先生在家，我跟先生说了要说事情，先生说："我做发起人也不是不可以，但是山岸君不行吗？"我回答说并非如此，于是从怀里拿出那个晚上你写的信念给他听。先生明白了事情原委然后说道："我可以做发起人，但是其实从十号开始一直到二十号，我得出门去四国做巡回演讲。如果早点知道出版纪念会的日期，也许我还可以调整外出日程，现在只能遗憾缺席了，对山岸君也是非常抱歉。"接着他说："芥川论我只读了一半，还无法做出评论，最近我也准备出一本三百页左右的芥川论，山岸君的芥川论将成为我的参考。"[1]

我们愉快地一起在上野、银座等地方散了一天步。

四月五日

注

（1）太宰治在《东京八景》中描述过这次会面。应该能够解释这封信中的内容。以下引用部分内容：

今年四月四日，我去拜访了小石川的一位老前辈S先生。五年前我生病的时候，S先生为我操了不少心，狠狠地批评了我，几乎逐我出师门。今年正月我去拜过一次年，表达了歉意及谢意，之后很久都没有再见过。为了让先生做我亲友的新书出版纪念会的发起人，我再次登门拜访。先生在家，听了我的请求后，随后还聊了画画及芥川龙之介的文学作品等话题。"我以为你是来找碴儿的，现在看来并非如此，我很开心。"S先生语重心长地说。我们一起乘车去了上野，去美术馆看了西洋画展，看了很多无趣的画作。（中略）出了美术馆，我们在茅场町看了一部叫作《美丽的纠纷》的电影试映，随后一起到了银座喝茶，就这样晃了一天。傍晚时分，S先生说要去新桥站坐巴士回家，于是我就和他一起散步到新桥，途中，我跟他提起了《东京八景》的创作计划。

"武藏野的夕阳真壮观啊！"S先生在新桥站的桥上驻足观看。"可以画进画里。"他指向银座的桥，低声说道。

"是啊！"我也停下脚步望向那边，独自一人眺望低声重复道："可以画进画里。"

比起眼前的风景，S先生和被逐出师门的弟子的身影，我更想把它作为东京八景之一，写进作品。

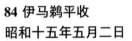

84 伊马鹈平收
昭和十五年五月二日

东京府下三鹰町下连雀一百一十三番地寄出

东京市芝区神谷町十八番地仙石山公寓伊马鹈平收（明信片）

拜启

　　昨天辛苦了。招待客人劳苦功高，非常感谢。

　　你说的那本《盲人日记》[1] 空闲的时候可不可以寄给我

一本呢，一定要拜读一番。

　　回见。

　　草草不恭。

注

（1）葛原勾当日记。太宰治的《盲人独笑》（《新风》创刊

号，昭和十五年七月）就是基于这本日记创作出来的。关于这

部作品有一篇叫作《文盲自嘲》（《琴》第一辑，昭和十七年

十月）的随笔。

85 平冈敏男收
昭和十五年五月六日

东京府下三鹰町下连雀一百一十三番地寄出
东京市杉并区天沼三丁目五百八十番地平冈敏男收

拜启

前阵子，对于拙作[1]承蒙批评指正，诚惶诚恐，羞愧难当。

本想登门拜访致歉、讨教，还有其他事情一并商讨，无奈忙这忙那耽搁到了现在，还请见谅。

五年前生病的时候，从上田重彦那里借了些钱，如今还未返还，每日良心受到谴责，但却无力偿还，偶尔有银钱入账，也是紧紧巴巴只够眼前的日子，就一直拖到了现在。无论是对上田君，还是介绍我们认识的您，我都无颜以对。如今也没脸再说什么没出息的借口。还请原谅我的过错。偶有稿费及版费，也都用在生活开支上了，前几天老家寄来了一点点生活费，连同信件一起寄过去。烦请您帮我还给上田君。

现在才还欠款非常失礼且不成体统。以前我想着未归还的就先作罢，心中牢记对方大恩大德，日后在更大的事情上回报，但是转念一想，这只是我自己的一厢情愿，也许对方并不这么认为，现在抱着这样的心理：如果，姑且不说失礼与否，先归还这些钱，对方也能明白我的心意，随后的事情随后再说。实际上现在才还本就非常不成体统，但我绝不是打算还钱了事，还请帮我将心意转达给上田君（如果转述会给您添麻烦，也可将我这封信转寄给上田君）。现在才还钱，上田君应该心有不悦吧，还请他大人大量睁一只眼闭一只眼收下。拜托您了！　语无伦次还请见谅，不骗您，我一边抹着汗一边写下这封信，还请理解我的心意并转达给上田君。我正在努力写作，十分想要成为一名流行作家。想要踏踏实实、坚持不懈地努力下去。

> 太宰治再拜
> 致平冈敏男

另，上田君的住址您知道吗？　住址为：中野区小泷町东中野公寓石上玄一郎收。

注

（1）单行本《皮肤与心》，昭和十五年四月，竹村书房刊。

86 山岸外史收
昭和十五年五月二十三日

东京府下三鹰町下连雀一百一十三番地寄出
东京市本乡区向丘弥生町一番地弥生公寓山岸外史收（明信片）

　　紫罗兰的明信片，我收到了。

　　敬佩你的艰苦奋斗不屈不挠。帮不上你的忙，只能眼睁睁旁观，无用的我感觉非常自责。为了能够帮到你，我也得好好写作了。明年，一定让你见证我真正的实力。蔷薇花开得很好。我剪了几枝插进花瓶。每天浇水精心照顾，请放心。

87 木山捷平收
昭和十五年七月三十一日

东京府下三鹰町下连雀一百一十三番地寄出
东京市杉并区高元寺五丁目八百八十二番地木山捷平收

拜启

　　大作[1]今日已收到，感谢赠书。请容我仔细拜读。我将
这本书放在桌子上，不知为何，竟紧张起来。

　　敬颂台安。

┌─────┐
┊ 注 ┊
└─────┘

（1）木山捷平著《昔野》(昭和十五年，gloria・society 刊)。

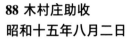

88 木村庄助收
昭和十五年八月二日

东京府下三鹰町下连雀一百一十三番地寄出
京都府缀昔郡青谷村字十六木村庄助收（明信片）

拜复

　　早上收到你长长的来信，就此简单回复。请见谅。兄台的文学作品是否有发展前途，这件事情等你磨炼五年之后，我再回答你。咱们约定好。我也会好好活到那个时候。

　　你身体不好，祝早日康复。《诚实的日记》的创作，根据身体情况量力而行吧。照顾好你的母亲。

　　书不尽意。

89 木村庄助收
昭和十五年八月二十日

东京府下三鹰町下连雀一百一十三番地寄出
京都府缀昔郡青谷村字十六木村庄助收（明信片）

拜复

　　有没有好好保重身体努力学习啊？　我的事情你不必操心，尽管养好自己的身体就好。《二十世纪旗手》不太好弄到手。我想给新的创作集中放进几篇小说，但是只有《二十世纪旗手》被编进了京都人文书院的《回忆》[1]里。另外，不要再给我寄东西了，这让我很不安，而且信封上没有写寄件人姓名，你应该好好写上的。

　　我不是给每一位读者都写回信，因此请你善自珍重。

注

（1）选集《回忆》。昭和十五年六月人文书院刊。

90 木村庄助收
昭和十五年八月二十二日

东京府下三鹰町下连雀一百一十三番地寄出
京都府绲昔郡青谷村字十六木村庄助收（明信片）

拜启

　　茶叶我今天收到了。我喝了茶晚上会睡不着觉，所以一般早上开始写作前喝上一杯。茶很好，谢谢了。今后不要给我再送东西了。

　　不尽欲言。

注

　　日本战败后，太宰治在《河北新报》发表的连载小说《潘多拉之盒》（昭和二十一年六月，河北新报社刊）是根据木村庄助的疗养日记为素材撰写的。装帧好的日记背面印着"想念太宰治"的字样。

　　木村庄助于昭和十八年病逝。那时，太宰治写给木村的父亲重太郎的信（昭和十八年七月十一日）尚且留存于世，内容如下：

此等不幸，我不知道该如何劝慰，仅盼全家多多保重身体。对于庄助的文采，我是暗自期待的，但是他尚且年轻，再过五六年一定会有一番作为，却不幸英年早逝，我也不知所措。

日记我会妥善保存，日后慢慢品读，定不负故人遗志。

节哀！

敬上

91 高田英之助收
昭和十五年八月二十二日

东京府下三鹰町下连雀一百一十三番地寄出
东京市世田谷区松原町二丁目五百七十四番地武藏野公寓高田英
之助收（明信片）

拜启

　　能与你相见，喜不自禁。虽意犹未尽，但心情舒畅不少。
想必你有烦恼，我也并非总是乐事，所以兄台的郁闷多少能够
体会。年岁增长，却渐渐无法畅所欲言，总认为卧薪尝胆才能
见到光明。你散步的时候，欢迎顺道光临寒舍。（请夫人也一
起来。）

92 山岸外史收
昭和十五年十月六日

东京府下三鹰町下连雀一百一十三番地寄出
东京市本乡区驹达千驮木町五十番地山岸外史收（明信片）

　　昨夜失礼了。今天按照你的指示，我立刻到院子里四处转悠了几圈。现在，所有的树枝都冒出了可爱的嫩芽，花也开得很美（比初夏的时候开得还要壮观），还有很多花蕾正在生长，实在不忍心采摘，我扔下了手中的剪刀，果然我还是胆小。现在，我只等你大驾光临。方便的时候，即使是大清早也没有关系，请来武藏野散散心吧。我还是无法下手摘花。明天（七日）我可能不在家，八日你来我家如何？　天气要是好的话，和龟井君一起去郊游怎么样？　文学界的那件事情，似乎传开了。

93 山岸外史收
昭和十五年十月八日

东京府下三鹰町下连雀一百一十三番地寄出
东京市本乡区驹込千驮木町五十番地山岸外史收（明信片）

拜启

　　早上，林修平[1]来到我家，我刚好有事要出门，于是一起去了市内，办完事情后，我们又一起晃悠去横滨看船，在港口无所事事闲逛了一阵子回家了。和林分开后，我一个人到新宿去喝酒，突然很想给你打个电话，于是就拨了过去，可惜你不在。你好像也很忙，如果你累了需要休息，有空的时候来我家逛逛吧，我想让你看看我的作品。

注

（1）林富士马。

94 山岸外史收
昭和十五年十月十二日

东京府下三鹰町下连雀一百一十三番地寄出
东京市本乡区驹込千驮木町五十番地山岸外史收（明信片）

拜启

前天晚上失礼了。咱们一起去旅行吧[1]。昨晚井伏氏发来电报，十四日（星期一）上午八点，在新宿候车室见，不见不散。

书之不尽。

┌┈┈┐
┊注┊
└┈┈┘

（1）和佐藤春夫、井伏鳟二、山岸外史三人，一起去了甲府。

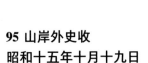

95 山岸外史收
昭和十五年十月十九日

东京府下三鹰町下连雀一百一十三番地寄出
东京市本乡区驹込千驮木町五十番地山岸外史收（明信片）

拜启

早上给你寄信后去了龟井家，才知道昨天你来过，觉得很不好意思。板桥的山田，去了大舅子那里。招待井伏君的事情我很赞成。井伏君也真切地说："山岸君人不错，一起去旅行，有了更多的了解。"

井伏君寄来明信片说因为胃又不舒服了，所以近期他要外出休养。休养回来后，我们找个安静的地方请他吃饭。对文学运动，我有些愚见，我们可以一起聊聊。

祝好。

96 山岸外史收
昭和十五年十月二十三日

东京府下三鹰町下连雀一百一十三番地寄出
东京市本乡区驹込千驮木町五十番地山岸外史收（明信片）

拜启

　　浪漫派的问题有点复杂，必须方方面面考虑周全。我是保守派，还想听听兄弟你的意见。总之咱们找个时间，就咱们两个人好好聊一聊。另外，上次之后，佐藤先生又去了甲府，画了很多张葡萄园的画作，他有意举办一个发表会，二十四日下午两点让大家过去举办招待会。下午两点你来小石川，那时我也会到佐藤的宅邸。

97 山岸外史收
昭和十五年十一月一日

东京府下三鹰町下连雀一百一十三番地寄出

东京市本乡区驹込千驮木町五十番地山岸外史收（明信片）

拜启

　　昨天，发生了很多事情让我百感交集，悲伤、肃穆、亲切，还有其他很多种情绪让我感动。种种情感用任何语言表达都觉得苍白，那就独自消化吧。

　　愿逝者安息[1]。我不会忘记昭和十五年十月三十一日这一天。

　　后来我去香克里尔找山田君，结果被贼偷了个精光灰溜溜回了家。十日元，还是找个机会咱们把它花了吧。

　　恕不一一。

　　　　　　　　　　　　　　　　　　　　　　十一月一日

注

（1）山岸氏的夫人，这一时期去世。

98 小山清收
昭和十五年十一月二十三日

东京府下三鹰町下连雀一百一十三番地寄出

东京市下谷区龙泉寺町三百三十七番地读卖新闻出张所内小山清收

（明信片）

拜呈

　　原稿，我津津有味地看完了，请务必认真生活、静下心来好好学习。不用着急现在就写出大作，请保持着对周围人和事的热爱生活下去。现如今，这是我对你唯一的期盼。

　　不尽欲言。[1]

十一月二十二日

　注

（1）此时的我（编者），在下谷龙泉寺町分发报纸，某日，第一次见到了太宰治。太宰很爽快地见了我。他不仅回答了我的问题，还主动跟我说："不善生活，擅长文学，我觉得

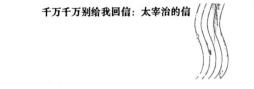

自己应该是这样的人。"当时，我把我的原稿给了太宰治，于是他给我写了这封信。去年（昭和二十八年）我出版了第一部创作集《落穗拾遗》，里面写有《献给老师的书》，这是原稿里面的话。

99 山岸外史收
昭和十五年十二月二日

东京府下三鹰町下连雀一百一十三番地寄出
东京市本乡区驹込千驮木町五十番地山岸外史收（明信片）

　　明信片已经收到。只要一喝酒，事后我就会想，是不是这样不好？　是不是不应该？　这可能是嗜酒的人的通病。然而，这也许就是饮酒的妙处所在。总之，请不要担心我。我应该跟你道歉，如果我有很多钱，一定尽情地和兄弟们玩耍。好好玩，好好学。最近，你工作怎么样？　我每天都被工作追着跑[1]。我打算十二月十日以后休息。慰劳会，照着你的想法来就好，告别过去，以忘年会的形式来进行如何？感觉终于明白了"忘年"这个词的意思。六日下午六点，在阿佐谷站北大街的"皮诺曹"有一个讨论文学的联欢会，我也打算出席，如果能在当天见到你的话就太好了。

注

（1）应该是新年号的约稿。昭和十六年的一月号，太宰治发表了《清贫谈》（《新潮》）、《佐渡》（《公论》）、《东京八景》（《文学界》）、《猫头鹰通信》（《知性》）四篇文章。

100 山岸外史收
昭和十五年十二月十二日

东京府下三鹰町下连雀一百一十三番地寄出
东京市本乡区驹込千驮木町五十番地山岸外史收（明信片）

拜复

昨晚我被收拾了。在日暮里休息了一下，龟井吐了，我犯困，两个人又纠缠了起来，好不容易在新宿坐上了电车，我趴在车窗吐了，龟井稍微清醒了，而我却失去了意识，最后被龟井背着送回了三鹰的家里。你是最厉害的。吃饭的事情就放在当天吧。

我给大家发出了邀请。

十二月十二日

注

搬到三鹰新居后，太宰治与旧友又恢复了来往，交往者增多，而且约稿也多了起来。创作活动走上了正轨，好的作品相继诞生。

《东京八景》里这样写道：

我现在也算是写稿人了。即使出去旅行，身在旅馆也还在写东西，虽然辛苦，但是丝毫不抱怨。即使比以前还辛苦我也能笑着面对。兄弟们说我世俗化了。武藏野的落日很壮观，熊熊燃烧着落下。我盘腿坐在能看见落日的三叠的那间房子里，冷清地吃着饭跟妻子说，"我这样的男人没什么出息也没有钱，但是我无论如何会守住这个家"，那时，突然想到了东京八景。过去的一幕幕如走马灯般在眼前萦绕。

这一年七月，太宰治在伊豆汤野的福田屋小住，写出了《东京八景》。和去接他的妻子在回去的路上去了趟津轻温泉，却和井伏鳟二、龟井胜一郎一起遭遇了水灾。

另外，此年四月，和井伏鳟二、伊马鹈平一起前往上州四万温泉游玩。十一月，接到新潟高中的邀请前去演讲，回来的路上顺便在佐渡游玩一番。

这一年发表的作品如下：《俗天使》（《新潮》）、《鸥》（《知性》一月号）、《哥哥们》（《妇人画报》一月号）、《春的盗贼》（《文艺日本》一月号）、《越级申诉》（《中央公论》二月号）、《老海德堡》（《妇人画报》三月号）、《追思善藏》（《文艺》四月号）、《无人知晓》（《若草》四月号）、《奔跑吧！ 梅勒斯》（《新潮》五月号）、《古典风》（《知性》六月号）、《女人的决斗》（《月刊文章》一至六月号连载）、《盲人独笑》（《新风》七月创刊号）、《蟋蟀》（《新潮》十一月号）、《一灯》（《文艺世纪》十一月号）、《丽丝》（广播剧，十二月）等。

另外，出版了创作集《皮肤与心》、选集《回忆》、创作集《女人的决斗》（昭和十五年六月河出书房刊）等几部作品。

后记

|

　　太宰治，明治四十二年（1909）六月十九日，出生于青森县北津轻郡金木町。本名津岛修治。津岛家被大家称作"山源号"，是青森县首屈一指的大地主。父亲，源右卫门（该郡木造町，松木家）。母亲，夕子（父亲惣五郎，长女），修治是家里第六个男孩。

　　《苦恼的年鉴》［昭和二十一年（1946）］这部作品中，关于太宰治的家谱记载如下：

　　我出生的家族，没有什么辉煌的家谱，我的祖先，一定是从某个地方迁徙过来，在津轻北部生根发芽的普通百姓。

　　我是愚笨的、吃了上顿没下顿的贫穷农民的子孙。那时候，享有巨额纳税的贵族院议员这个资格的人，一个县有四五个人，曾祖父便是其中一人。去年，我在甲府市城堡旁的旧书店里，翻开了一本明治初年的绅士录，上面登载着曾祖父的照片，一副乡村土气打扮普通老百姓模样。曾祖父是养子，祖父也是养子，父亲也是养子。我们是女丁兴旺的家族。曾祖母、祖母、母亲，都比丈夫长命。曾祖母活到了我十岁才去世。祖母九十岁了依旧身体硬朗。母亲享年七十岁，前几年去世了。女人们都热衷烧香拜佛，尤其是祖母，已经到了走火入魔的地步，成为亲戚的笑柄。拜的是净土真宗，是亲鸾上人创立的宗派。我小的时候也是频繁被带到寺庙进香，还背了经卷。

我的家谱里，无一人是思想家，也没出过一名学者，更没有一位艺术家，也没有官员、将军。实在是一个俗气的、普通的乡巴佬大地主。父亲当过议员，后来离开了贵族院，也没听说过他曾活跃于权力中心什么的，这样的父亲，盖了一处巨大的宅子。毫无情趣，只是大而已。大约有三十间房子吧。大部分都是十叠、二十叠的房子，房子盖得特别结实，但是没有品位。

书画古董，这些艺术品，一件都没有。

父亲喜欢看戏，但是从来不看书。我依旧清晰地记得，小的时候，他看《越过生死线》这本长篇小说消磨时间时，抱怨不断的情景。

然而，这样的家族里，从来没有复杂黑暗的争斗，从未有过争夺财产的纠纷。也就是说，没有人做过丑事。可以说是津轻名声最好的家族。这个家里，做着被人指脊梁骨的蠢事的，只有我。

太宰治就读于青森中学及弘前高中，昭和五年（1930）考入东京帝国大学法文专业，师从井伏鳟二。昭和十一年（1936）六月出版第一部创作集《晚年》，之后，直到昭和二十三年（1948）六月十三日四十岁时离世，共有八部长篇、近一百五十篇短篇、全集十八卷留存于世。

此书，收录了昭和八年（1933）即太宰治虚岁二十五岁起，到昭和十五年（1940）太宰治三十二岁时，共八年间的一百封信件。书中根据年份排列，但也可以按照船桥之前、镰泷时期、御坂岭时期、御崎町时期、三鹰时期这个顺序理解。记录了从太宰治的文学活动初期一直到稳定期的书信。

这是太宰治自己也没想到的遗作《年轻时的信》。这本书中，满载着太宰治的青春。整个内容从创作层面上来说，收集了他第一部创作集《晚年》结集出版前后，到他写出回顾十年东京生活的《东京八景》这一时期的信件。

东京八景。什么时候，我要慢慢地、花费心思将这个短篇写出来。将我十年的东京生活寄于当时的风景中写出来。我今年三十二岁。按照日本的常识，也就意味着我已经步入了中年。而且，我的身体、精力，也无法否认这个可悲的事实。得有所觉悟。你已经不再年轻了。当然也是一张三十岁的脸。东京八景，这是我向青春的诀别，并不想讨好任何人。

这本书，通过信件，展现了年轻时的太宰治的生活及精神风貌。

注释部分，是根据出版社的要求加上去的，是针对不太熟悉太宰治的读者。由于时间不是非常充裕，没能进行详尽的调查，不妥之处，无论是太宰治的英灵，还是诸位读者，还请海涵。即便写了注释，书信正文内容依旧非常宝贵。年轻的以及初次接触的读者，如果能通过这本书理解太宰治的文学，能够起到些许引导作用，将是我最大的荣幸。

小山清